KB262179

열정을 깨우는
마법의 편지

북오션은 책에 관한 아이디어와 원고를 설레는 마음으로 기다리고 있습니다. 책으로 만들고 싶은 아이디어가 있으신 분은 이메일(bookrose@naver.com)로 간단한 개요와 취지, 연락처 등을 보내주세요. 머뭇거리지 말고 문을 두드리세요. 길이 열릴 것입니다.

열정을 깨우는
마법의 편지

초판 1쇄 발행 | 2012년 9월 20일
초판 2쇄 발행 | 2013년 3월 5일

지은이 | 김영철 · 이영식 · 김진혁 · 손병숙 · 이진수 · 서윤향
펴낸이 | 박영욱
펴낸곳 | 북오션

경영총괄 | 정희숙
편집 | 이상모 · 임은희
마케팅 | 최석진 · 이종진
표지 디자인 | 최희선
본문 디자인 | 서정희
법률자문 | 법무법인 명율 대표 변호사 **안성용**

주　소 | 서울시 마포구 서교동 468-2번지
이메일 | bookrose@naver.com
트위터 | @Book_ocean
페이스북 | bookocean
카　페 | http://cafe.naver.com/bookrose
전　화 | 편집문의 : 02-325-5352　　영업문의 : 02-322-6709
팩　스 | 02-3143-3964

출판신고번호 | 제313-2007-000197호

ISBN 978-89-93662-87-0 (03810)

*이 도서의 국립중앙도서관 출판시도서목록(CIP)은 e-CIP홈페이지(http://www.nl.go.kr/ecip)와 국가자료공동목록시스템(http://www.nl.go.kr/kolisnet)에서 이용하실 수 있습니다.
(CIP제어번호: CIP2012003820)

*이 책은 북오션이 저작권자와의 계약에 따라 발행한 것이므로 이 책의 내용의 일부 또는 전부를 이용하려면 반드시 북오션의 서면 동의를 받아야 합니다.
*책값은 뒤표지에 있습니다.
*잘못 만들어진 책은 구입하신 서점에서 교환해 드립니다.

열정을 깨우는 마법의 편지

김영철 · 이영식 · 김진혁 · 손병숙 · 이진수 · 서윤향 지음

북오션

어느 날 아들이 저에게 이렇게 속을 털어놓았습니다.

"지금은 제가 부모님 덕분에 넉넉하고 행복하게 살아가고 있지만, 앞으로 제가 부모님처럼 하나의 가정을 책임지고 꾸려 나가야 한다는 걸 생각하면 막막하기만 합니다."

지금까지 앞만 보고 열심히 달려왔습니다. 노후에 자녀들에게 경제적으로 의존하지 않을 준비까지 마침으로써 부모로서 해야 할 몫을 다했다고 생각했습니다. 하지만 자녀들을 스스로의 인생을 책임질 수 있는 하나의 오롯한 어른으로 길렀는가에 대해서는 자신이 없었습니다. 그저 혼탁한 세상 속에서도 깨끗하고 당당하게 자라 준 아이들이 고마울 뿐이었습니다. 하지만 그렇게 믿어온

아들에게서 이 말을 들으니, 과연 내가 부모의 역할을 잘해왔는가 하는 의문이 들었습니다.

비단 저만의 고민은 아닐 것입니다. 자녀를 양육하는 것은 부모라면 누구든지 고민하고 걱정하는 문제입니다.

'1%를 위한 99%의 실패자'를 만드는 이 사회 시스템 속에서 수많은 청춘들이 경쟁에서 패해 좌절하고 인생의 방향성을 잃어 낙담하고 있습니다. 이들에 대한 걱정은 어른들이 이들을 위해 도대체 무엇을 해 줄 수 있을까 하는 자책으로 이어졌습니다. 인성 교육은 학교에 의존하고, 비싼 사교육으로 좋은 대학에 보내고, 번듯한 직장에 다니다가, 결혼해서 자기 가정을 꾸릴 때까지 도와주는 것으로 부모 역할을 다 했다고 생각하지는 않았나 반성도 했습니다.

꿈이 없는 자녀는 영혼은 여전히 코흘리개 어린아이인 채로 몸만 성장했을 뿐인 어른아이입니다. 그들을 이대로 방치하는 것은 어른들의 직무유기입니다.

이 책은 바로 이러한 질문에 대한 부모로서의 대답을 담았습니다. 우리 자녀들에게 가장 필요한 것은 자기자신이 세상에서 가장 존귀한 보배라는 것을 깨닫고 자신이 추구하는 가치와 꿈을 찾도록 돕는 것입니다.

더 이상 우리 자녀들이 찬비를 맞게 해서는 안 됩니다. 부모들이 지혜와 창의성과 미래를 대비하는 역량을 키워 자녀들의 멘토가 되어야 합니다.

그러기 위해서 먼저 우리 삶의 궁극적인 목적을 행복으로 설정해야 합니다. 물질의 풍요를 얻고자 이를 악물고 무한질주하기보다는, 우선 자녀와 눈을 맞춰 대화합시다. 자녀의 말을 경청합시다.

우리는 매일 행복할 수 있습니다. 인생을 행복으로 채우는 것은 우리 스스로의 선택입니다. 행복이란 처음부터 주어지는 것이 아닙니다. 찾고자 하는 사람만이 얻을 수 있는 선물입니다. 이 깨달음이 부모가 자녀들에게 물려줄 가장 큰 유산이 될 것입니다.

우리의 자녀들에게 변치 않는 참된 진리와 행복한 가정의 비밀을 전하고 싶은 마음을 모아 이 책을 썼습니다. 누구나 알고는 있지만 쉽게 실행하지 못하는 지혜를 자녀를 키운 경험과 자녀를 위한 부모의 마음으로 엮었습니다. 저자들은 교육학을 전공하지는 않았지만 누구보다도 자녀들을 인성과 사랑으로 반듯하게 키웠다는 자신감이 있습니다.

이 책은 부모가 자녀에게 물려줄 인생의 가장 값진 교훈들을 담고 있습니다. 긍정으로 마음을 다지는 삶의 태도, 고난을 극복하고 인생을 완성시키는 삶의 지혜, 꿈을 향한 도전정신, 스스로 끊임없이 성장하기 위한 자기관리, 다른 사람들과 조화롭게 어우러지는 방법과 험난한 세상에 대처하는 마음가짐에 대한 지혜를 담았습니다.

우리는 끊임없이 스스로에게 어떻게 해야 행복하게 이 세상을 살아갈 수 있는지 질문했습니다. 역사, 인문학, 철학 등 고전의 지혜와, 현실을 살아가며 우리가 얻은 깨달음을 더해 답을 찾고자 많은 노력을 했습니다. 성공에 대한 강박관념과 물질중심주의에서 벗어나 진정한 인생의 지침을 제시해 주고 싶었습니다. 이 땅에서 함께 살아가는 많은 청춘들에게 도움이 되기를 간절하게 바랍니다.

미래를 준비하면서
대표저자 김영철

자녀에게 보내는 편지 금메달보다 값진 동메달

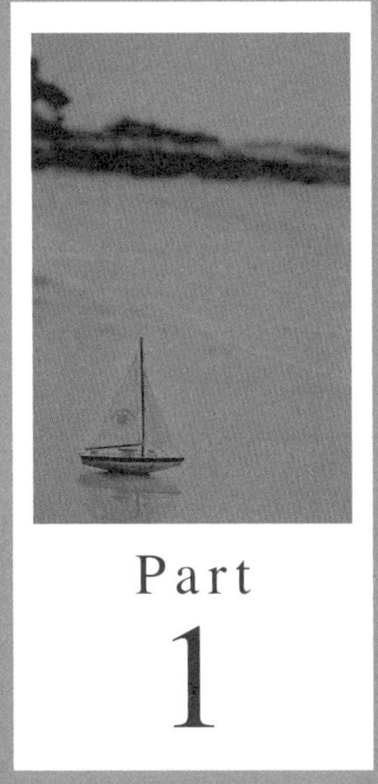

Part

1

청춘의 꿈은
지치지 않는다

 성공을 위한 가장 위대한 힘은 노력이다. 게으름을 억누르고 연습과 훈련을 통해 스스로를 통제하는 노력의 결과물이다. 노력으로 성공한 사람은 지속적인 집중력으로 쉬지 않고 분투하는 사람이다. 신념과 목표를 세운 다음에는 칠전팔기하는 것이 진정 나를 위한 투자다. ●

정상은
꿈꾸는 자의 몫이다

에베레스트 산 꼭대기에 오르겠다는 목표를 설정하고 등산을 시작한 어느 날, 에베레스트 산 정상에 올라 있는 나 자신을 발견했다.

— 에드먼드 힐러리 경(최초의 에베레스트 정복자)

분명한 목표 설정이야말로 혼돈의 시대를 극복할 수 있는 위력의 무기가 된다. 원대하고 거창한 목표를 세우는 게 아니다. 사소한 일이더라도 최선을 다해 도전하는 것만이 위대한 도전이라고 할 수 있다. 지금 자신에게 물어보라. 이번 주 나는 무엇에 최선을 다할 것인가? 작지만 확실한 성취의 첫 발걸음이 될 것이다.

위대한 도전을 몸으로 실천한 음악의 아버지 요한 세바스찬 바흐는 이렇게 말했다.

나는 부지런히 일했다. 누구나 부지런하면 성공을 거두었을 것이다. 어렸을 때 형은 내가 밤늦게까지 공부하지 못하도록 촛불을 켜지 못하게 했다. 하지만 나는 달빛 아래서 악보 책을 베껴가며 공부를 했다.

위인이란 그저 소질을 지니고 태어나 좋은 환경에서 자랐기 때문에 되는 것이 아니다.

주어진 여건 안에서
최선을 다하라

꿈틀댄다는 것은 곧 살아 있다는 증거입니다. 앞으로 전진하고 있다는 뜻입니다. 언제나 물이 맑은 좋은 호수는 끊임없이 비우고 끊임없이 물을 채워가기 때문입니다. 고통과 시련이 있지만 그마저 안에 품고 변화를 즐길 줄 아는 사람의 모습은 꽃보다 아름답습니다.

— 이수원, 《놓치고 싶지 않은 나의 인생을 위한 7가지 지혜》 중에서

좋은 그림은 배경이나 모델이 좋다고 그려지는 것이 아니다. 사물을 애니미즘(animism)화, 즉 모든 사물에 영혼이 있는 것처럼 느끼면서 감정을 몰입하므로 그림에서 독특한 감상을 느끼게 된다. 뛰어난 예술가는 어떤 대상이라도 의인화할 수가 있다. 사소한 사물조차도 실제 이상으로 생생하게 표현해낼 수 있다.

따라서 유능한 예술가는 모델을 탓할 필요도, 붓을 탓할 필요도 없다. 훌륭한 화가는 부지깽이도 기막힌 붓이 된다. 우리 속담에 "서투른 목수가 연장을 탓한다"는 말이 있다. 주어진 여건과 환경에서 온 힘을 다해 나만의 그림을 그려가는 것, 바로 우리의 인생과 같지 않은가?

인생이 주는 최고의 상은 가치 있는 일에 뛰어들 수 있는 기회가 주어지는 것이다. 즐겁고 재미있는 일, 세상에는 그런 일들이 많다. 세상에는 항상 새로운 도전과 학습이 기다리고 있다. 인생 최고의 상은 주어진 소명에서 열심히 일할 수 있는 기회이다.

청춘,
열정으로 도전하라

꿈을 계속 간직하고 있으면 반드시 실현할 때가 온다.

— 요한 볼프강 폰 괴테(독일의 시인, 소설가)

캐나다의 석유 기업 헌트오일 회사를 설립한 자수성가형 억만 장자 헌트(H. L. Hunt)는 사업에 처음 뛰어들었던 시절 아칸소 주에서 목화를 재배하다가 파산했지만, 훗날 수십억 달러의 부자가 되었다. 그는 성공의 비결을 이렇게 대답했다.

성공하려면 두 가지만 기억하라.

첫째는 자신이 원하는 게 무엇인지 명확히 결정하는 것이다. 대다수의 사람들은 늘 어정쩡하다.

둘째는 그것을 얻기 위해 지불해야 할 대가를 정하고, 그 대

꿈을 간직하면 반드시 성취할 수 있다. 언제나 소망하고 언제나 목표를 가슴에 품고 있으면 분명 성공의 열쇠를 얻을 수 있다. 우리 젊은이들이 스펙 쌓기에만 열중하며 자신만의 꿈을 찾지 못하는 것이 너무나 아쉽다. 모두 편하고 안정된 직장만 찾기 때문에 안정을 위한 도전만 치열하게 하고 있다.

청춘들에게 묻고 싶다. 지금 주도적인 삶을 살아가며 내 인생의 주인으로 서 있는가? 아니면 다른 사람의 꿈을 따라다니고 있는가? 실패를 두려워만 하고 있지는 않은가?

젊은 날의 실패는 성장하기 위한 멋진 실패다. 지금부터라도 나만을 위한 꿈의 다이어리를 써 보라. 분명 그 다이어리에는 지난 세월의 흔적만 기록되지는 않을 것이다. 세계 최고가 되고자 하는 열정으로 다시 도전하자.

가장 위대한 도전은
긍정적으로 변하는 것이다

인간으로서 가장 위대한 도전은 자기 자신을 긍정적으로 변화
시키는 것이다.

— 조지프 캠벨(미국의 신화학자)

세계적인 문호 발자크는 자신의 작품 생활을 되돌아보면서 이
렇게 말했다.

나는 굴이 무너져 갱 속에 갇혀 버린 광부가 목숨을 걸고 곡
괭이를 휘두르듯 글을 썼다.

시련은 참으로 아픈 것이다. 경험해 보지 않은 사람은 그 쓰라
림의 강도를 짐작하지 못한다. 너무 아파서 모든 것을 포기하고

절망한다 해도 그들을 탓할 수 없다. 그러나 반복되는 시련은 인내를 낳고, 인내는 사람을 겸손하게 만든다. 겸손은 모든 것을 내려놓고 삶의 원리에 순응하는 상태를 말한다. 그러므로 겸손한 사람에게는 두려운 것이 없다.

피겨 선수 김연아는 최근 큰 결심을 내렸다. 2014년 소치 동계 올림픽까지 선수생활을 계속하기로 결심한 것이다. 후회를 남기지 않는 그녀의 도전정신이 국민 모두에게 위로가 되어줄 것이다. 결과에 관계없이 끝까지 도전하겠다는 기쁨을 주었다.

"신 다음으로 위대한 영웅"이라 불리는 영국의 탐험가 어니스트 새클턴은 1914년 남극대륙을 가로지르는 원정을 하면서 타임지에 구인광고를 냈다.

"위험한 여행을 함께 할 남자를 구함. 급료 적음, 매서운 추위, 수개월 간의 암흑, 끊임없는 위험, 안전한 귀환 보장 못함. 성공할 경우 명예를 얻음."

놀랍게도 이 광고를 보고 수많은 사람들이 지원했다. 그는 남극 횡단에는 실패했지만, 극지방의 험난한 자연환경에서 634일이나 버틴 끝에 전 대원이 무사히 귀환했다.

새클턴은 기계에 의한 탐험 시대가 열리기 전까지 순수한 인간의 힘만으로 탐험했던 고전적 탐험 시대의 대미를 장식했다. 그의 탐험은 영국인들에게 도전 정신의 중요성을 깨닫게 해주고 자긍

심을 심어 주었다. 그는 진정한 리더십이 무엇인지 몸소 보여 주었다. 새클턴으로 인해 극지방을 정복하려 시도했던 탐험가들은 사람들로부터 영웅으로 칭송받게 되었다.

위대한 열정이
우리를 움직이게 하라

인간은 무엇인가 부족할 때는 노력하고, 풍요로울 때는 권태를 느끼게 된다. 끊임없는 열정만이 우리를 행복하게 만든다. 열정을 가질 때 우리는 집중하고 최선을 다하기 때문이다. 스포츠나 예술에 대한 감동도 열정의 결과다. 스스로 열정을 지니고 몰입하며 최선을 다하는 그 무엇이 있는가? 그렇다면 그가 바로 행복한 사람이다.

일본 최고의 공과대학을 우수한 성적으로 졸업한 학생이 마쓰시타 전기회사의 입사 시험에 응모했다. 그러나 어떻게 된 일인지 최종 합격자 명단에는 그의 이름이 빠져 있었다. 수치심과 분노에 괴로워하던 학생은 그만 다량의 수면제를 먹고 자살하고 말았다. 알고 보니 탈락은 전산 오류였지만, 때는 이미 늦고 말았다.

이 소식이 그룹의 총수인 마쓰시타 고노스케에게 전해졌는데, 그의 반응은 너무나 엉뚱했다.

"이 학생이 젊은 나이에 세상을 떠난 것은 참으로 애석하고 안 타까운 일입니다. 하지만 우리 회사가 이 학생을 받아들이지 않게 된 것은 큰 행운이 아닐 수 없습니다."

냉정한 말이었지만 회사의 경영자인 그는 냉정하게 판단해야 할 필요가 있었다. 그는 그 정도의 좌절을 이겨내지 못한 것으로 그 학생이 심리적으로 미성숙한 상태인 걸 알 수 있었다. 그런 심 약한 성격으로 회사의 중요한 자리에서 좌절하게 될 경우, 스스로 자살을 선택한 것처럼 다분히 충동적이고 비극적인 방법으로 일 을 처리할 가능성이 클 것이다. 그럴 경우 회사에 막대한 손실을 초래하게 될 것이 뻔하다. 경영의 신이라 불리는 마쓰시타 고노스 케는 거기까지 생각이 미친 것이다.

목표가 서고 그것을 추구하는 열정이 있다면 강해진다. 작은 실 패에 좌절하지 않고 교훈을 얻을 수 있다면 더 강해질 수 있다.

절망조차
녹여 버리는 열정

절망하지 마시오. 좋은 것들을 성취하고 싶은 마음은 간절하나 비록 성취하지 못한다 하더라도 낙담하지 마시오. 혹시 쓰러지더라도 다시 일어서도록 노력하고 어려움을 극복하도록 노력하시오. 모든 사건의 본질과 사물의 본질을 터득하시오.

— 마르쿠스 아우렐리우스(로마 황제)

희망은 강한 용기이자 새로운 의지다. 희망을 가져라. 희망이란 그것을 추구하는 사람을 결코 내버려두지 않는다. 그러니 절망하지 말라. 이미 끝나버린 듯한 일이더라도 새로운 힘으로 다시 일어나야 한다.

본래 인간은 태어난다. 씨앗이 다시 열매를 맺게 되듯 인생은 의지의 결정체다. 의지는 인생의 나침반 역할을 한다.

《레미제라블》로 유명한 프랑스 작가 빅토르 위고의 유언장은 운
명을 뛰어넘는 위대한 의지의 증거를 보여 주었다.

신과 영혼, 책임감. 이 세 가지 사상만 있으면 충분하다. 적어
도 내겐 충분했다. 그것이 진정한 종교다. 나는 그 속에서 살아
왔고 그 속에서 죽을 것이다. 진리와 광명, 정의, 양심, 그것이
바로 신이다. 가난한 사람들 앞으로 4만 프랑의 돈을 남긴다.
극빈자들의 관 만드는 재료를 사는 데 쓰이길 바란다. 내 육신
의 눈은 감길 것이나 영혼의 눈은 언제까지나 열려 있을 것이
다. 교회의 기도를 거부한다. 바라는 것은 영혼으로부터 나오는
단 한 사람의 기도이다.

경험에서 무엇을
받아들일 것인가

경험을 교훈으로 삼을 때 우리는 그것이 경험한 내용에만 국한
되도록 조심해야 한다. 아니면 뜨거운 난로 뚜껑에 앉아버린 고양
이의 꼴이 되어 버린다. 고양이는 두 번 다시 뜨거운 난로 뚜껑에
는 앉지 않을 뿐만 아니라 심지어 식은 뚜껑에조차도 앉지 않으려
고 하기 때문이다. 경험의 내용에 국한하여 그것을 교훈으로 삼는
지혜가 필요하다.

— 마크 트웨인(미국의 소설가)

경험을 사전적으로 정의하자면 "인간이 감각이나 내성을 통해
서 얻는 것과 그것을 획득하는 과정"이다. 경험은 인간의 진정한
발전을 위한 중요한 변수이자, 겉으로 보이는 모습을 넘어 진정한
가치를 발견하게 되는 계기라고 할 수 있다. 따라서 경험은 최고

의 선생이다.

하지만 데카르트는 자신만의 합리적 방법론을 통해 베이컨의 경험론을 비웃는다. 경험론의 바탕이 되는 귀납법은 오류를 낳는다는 것이다.

"A는 누런 소를 보았다. B도 누런 소를 보았고, C도 누런 소를 보았기에 소는 모두 누런 색이다."

데카르트는 인간에게 이성과 이성을 바탕으로 한 자아가 존재하기에 증명된 것 말고는 그 어떤 것도 받아들일 필요가 없다고 주장한다.

나는 생각한다. 그러므로 존재한다.

우리가 금과옥조로 생각하고 있는 가치관은 무엇인가? 그리고 그것에 오류는 없는가? 이 혼란과 불안의 시대에는 반드시 그것을 다시 생각해야 할 필요가 있을 것이다.

죽음까지도 이겨내는
강렬한 의지

인간의 생명은 항상 어떠한 상황 속에서도 의미를 갖는 법이고 그 존재의 무한한 뜻은 고뇌와 죽음까지도 포함하는 것입니다. 우리들의 싸움의 전망이 비록 어둡다 할지라도 싸움의 의미가 축소되거나 인간의 존엄성이 약해지는 것은 결코 아닙니다. 이 곤란한 때와 또 다가오는 최후의 순간에 우리들 각자를 누군가가 찾고 있을 것이며, 지켜보고 있을 것입니다. 한 사람의 친구, 한 사람의 아내, 한 사람의 생존자, 한 사람의 죽어간 사람, 그리고 하나의 신께서. 그는 우리들이 그를 실망시키지 말 것을 기대하고 또 우리가 비애에 젖지 않고 자랑스럽게 죽을 것을 알고 있기를 기대하고 있을 것입니다.

— 빅터 프랭클, '아우슈비츠 강연' 중에서

빅터 프랭클은 오스트리아 출신 유대인으로, 제2차 세계대전 당시 아우슈비츠로 끌려갔다가 기적적으로 살아남은 인물이다. 그는 수용소에서 부모, 아내, 두 아이와 친구들을 모두 잃었다. 인생을 살아가면서 이보다 더한 고통이 있을까? 하지만 그는 살아남았다.

그는 하루에 한 컵씩 배급되는 물을 받으면 반만 마시고 나머지는 세수를 하기 위해 남겨 두었다. 깨진 유리조각으로 면도까지 했다. 턱없이 부족한 물로 세수를 하는 것도 힘들거니와 면도를 하다가 수없이 유리조각에 베이기도 했다. 그래도 그는 세수와 면도를 게을리하지 않았고, 결코 낙담하거나 절망적인 말을 입에 담지 않았다.

다른 유대인들은 최악의 조건 속에서 동물처럼 살아갔지만 그는 인간의 품위를 잃지 않으려 애썼다. 덕분에 다른 유대인들에 비해 건강해 보였기에 가스실행을 면해 끝까지 살아남을 수 있었다.

빅터 프랭클은 그 형언할 수 없는 고통 속에서도 의지를 발동시켜 삶의 의미를 찾고 극한의 역경을 견뎌낸 것이다. 고난과 고통이 인생을 어둠처럼 가렸을 때, 삶의 의지라는 등불은 더욱 빛나는 법이다.

하루는 수용소 전체가 정전이 되어 사람들이 배고픔과 추위 속에 몸서리를 치며 누워 있는데, 그는 칠흑 같은 어둠 속에서 일어나 설교조가 되지 않도록 주의하며 그들을 격려하는 연설을 했다. 연설이 끝나자 얼마 후 수용소에 불이 들어왔다. 그는 감사를 표하기 위해 눈물을 흘리면서 다가오는 동료들의 모습을 볼 수 있었다.

아우슈비츠에서 생존 후 프랭클은 자신이 겪은 체험을 토대로 《죽음의 수용소에서(Man's search for meaning)》라는 책을 펴냈으며, "로고테라피(Logotherapy, 심리치료)"라는 치료이론을 만들었고, 심리치료의 권위자로서 인정받았다.

리더에게 필요한
5가지 미덕

1. 부담스럽지 않은 배려

2. 명확한 임무의 선택과 지시

3. 탐욕스럽지 않은 욕심

4. 교만하지 않은 자유분방

5. 사납지 않은 위엄

— 공자, 《논어》의 맨 마지막 편 〈요왈(堯曰)〉

군자가 갖춰야 할 다섯 가지 미덕을 군자오미(君子五美)라고 한다.

첫째, 리더는 배려해야 하지만 지나쳐서는 안 된다(惠而不費, 혜이불비).

둘째, 일을 시킬 때 원망을 느끼게 해서는 안 된다(勞而不怨, 노이불원).

셋째, 욕망을 갖되 탐욕에 빠져서는 안 된다(欲而不貪, 욕이불탐).

넷째, 자유롭되 교만하게 보여서는 안 된다(泰而不驕, 태이불교).

다섯째, 위엄을 갖추되 사나워 보여서는 안 된다(威而不猛, 위이
불맹).

리더에 대한 존경심은 지위나 머리보다는 소명의식과 가슴에서
나온다. 에밀 졸라는 삶에 대한 소명을 간직하면서 살아갔으며,
우리에게 이런 말을 남겼다.

만일 당신이 이 세상에 무엇을 하러 왔느냐고 나에게 묻는다
면 나는 예술가라고 대답할 것입니다. 그리고 큰소리로 나는 내
삶을 살기 위해 이 세상에 왔다고 말할 것입니다.

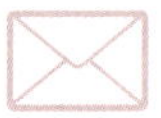

청춘, 설레는
심장의 고동소리

청춘! 이는 듣기만 하여도 가슴이 설레는 말이다. 청춘! 너의 두 손을 가슴에 대고, 물방아 같은 심장의 고동을 들어 보라. 청춘의 피는 끓는다. 끓는 피에 뛰노는 심장은 거선(巨船)의 기관같이 힘 있다. 이것이다. 인류의 역사를 꾸며 내려온 동력은 바로 이것이다. 이성은 투명하되 얼음과 같으며, 지혜는 날카로우나 갑 속에 든 칼이다. 청춘의 끓는 피가 아니더면, 인간이 얼마나 쓸쓸하랴? 얼음에 싸인 만물은 죽음이 있을 뿐이다.

(중략)

이상! 빛나는 귀중한 이상, 이것은 청춘의 누리는 바 특권이다. 그들은 순진한지라 감동하기 쉽고, 그들은 점염(點染)이 적은지라 죄악에 병들지 아니하였고, 그들은 앞이 긴지라 착목(着目)하는 곳 이 원대하고, 그들은 피가 더운지라 실현에 대한 자신과 용기가 있다. 그러므로 그들은 이상의 보배를 능히 품으며, 그들의 이상은 아름답고 소담스러운 열매를 맺어, 우리 인생을 풍부하게 하는 것이다.

(중략)

이것은 피어나기 전인 유소년에게서 구하지 못할 바이며, 시들어 가는 노년에게서 구하지 못할 바이며, 오직 우리 청춘에서만 구할 수 있는 것이다.

청춘은 인생의 황금시대다. 우리는 이 황금시대의 가치를 충분히 발휘하기 위하여, 이 황금시대를 영원히 붙잡아 두기 위하여, 힘차게 노래하며 힘차게 약동하자!

— 민태원, 〈청춘예찬〉

청춘은 원래 아프고 쓰라린 것이다. 웅대한 생명의 소리를 내기 위한 준비 과정이기 때문이다. 생을 찬미하며 힘차게 노래하자. 아무도 밟지 않은 미래에 거침없는 발걸음으로 뛰어들자.

노력은 항상 이익을 가져다준다. 성공하지 못한 사람들에게는 항상 게으름의 문제가 있다. 노력은 결코 무심하지 않다. 그만큼의 대가를 반드시 지급한다. 가끔은 성공을 보너스로 가져다준다. 비록 성공하지 못하더라도 깨달음이 남는다.

성공하지 못한 사람의 공통점은 게으름이다. 게으름은 인간을 패배하게 만드는 주범이다. 성공하려거든 먼저 게으름을 극복해야 한다.

— 알베르트 카뮈(독일의 소설가)

성공을 위한 가장 위대한 힘은 노력이다. 게으름을 억누르고 연습과 훈련을 통해 스스로를 통제하는 노력의 결과물이다. 노력으로 성공한 사람은 지속적인 집중력으로 쉬지 않고 분투하는 사람이다. 신념과 목표를 세운 다음에는 칠전팔기하는 것이 진정 나를 위한 투자다.

내가 스스로를 목표로 이끌지 못하면 생활이 나를 지배하기 마련이다. 사람은 대부분 자기가 행동하는 대로 되기 마련이다. 의도하든 의도하지 않았든, 목표가 불분명한 사람은 결과도 마찬가지로 나타난다. 한계를 느낀다는 것은 이미 한계를 그어 놓은 상태에서 생각하고 느끼고 행동했기 때문이다. 누구도 자신의 허락 없이 한계를 그을 수 없다. 오늘보다 내일을 보는 혜안을 가져야 한다. 과거에 얽매이지 말고 미래를 보는 창의적인 사람이 되어야 한다.

가장 어려운 승리란 무엇인가. 그것은 자신에게 승리하는 것 이외에는 없다. 어제의 나보다 오늘의 나, 오늘의 나보다 내일의 나를 보라. 후세 사람들이 누군가를 천재라고 부르면, 그것은 아이큐가 아닌 노력의 결과일 뿐이다.

짜깁기 인생을
거부하라

> 우리는 평등한 삶을 사는 게 아니라 차이 투성이의 짜깁기 인생
> 을 살 뿐이다. 방금 전엔 잠시 즐겁다가 지금은 슬프고, 과거에는
> 비굴하게 죄를 짓고서 현재에는 관대하고 용감하게 행동한다.
>
> — 랠프 왈도 에머슨(미국의 시인)

인생은 결코 공평하지 않다. 우리나라의 장동건이 주연을 맡은 영화 '마이웨이'의 주인공 준식은 영화 내내 일본군에서 중국군, 소련군을 거쳐 마지막에는 독일군으로 살아간다.

사람들이 많이 하는 보편적인 착각 중의 하나는 바로 지금이 가장 어렵고 힘들다는 생각이다. 어느 때든 쉬운 날은 없다. 다만 지금 이 순간이 가장 중요하다는 것을 명심해야 한다.

독일 화폐에 그려져 있는 화가 알브레히트 뒤러의 '기도하는 손'에는 감동적인 이야기가 숨겨져 있다. 뒤러의 어린 시절, 단짝 친구 프란츠는 뒤러처럼 미술에 재능이 뛰어났다. 하지만 둘 다 가난했기 때문에 둘 가운데 하나가 친구를 위해 잠시 자신의 꿈을 유보하기로 했다. 친구가 화가로 성장할 때까지 뒤를 밀어주기로 한 것이다.

뒤러는 노력 끝에 유명한 화가가 되어 고향에 돌아와 고마운 친구 프란츠를 찾아 이제 그가 그림을 그릴 차례라고 말했다. 그러나 프란츠는 그동안 힘든 일을 한 탓에 손이 무뎌져 그림을 그릴 수 없다며 포기했다.

뒤러가 그린 '기도하는 손'은 친구가 성공하기를 바라며 기도하는 프란츠의 손이었다. 자신의 성공을 위해 기도하는 친구의 손을 뒤러는 그림으로 남겼다.

의지의 힘을
발휘하라

섬광처럼 나타나는 영감과 만나는 것은 즐겁고 생생한 경험이
자 창조 작업의 시작점이다. 영감에 따라 시 구절을 적어 내려가다
보면 믿기 어려울 정도의 활기, 확신, 환희가 느껴진다. 그 순간 아
름다움이라는 것은 손에 잡힐 듯 구체적이다. 마음은 세상을 뚫고
팔랑팔랑 날아다닌다.

— 스티븐 나흐마노비치, 《놀이, 마르지 않는 창조의 샘》 중에서

좋은 영감과 창조적 발상은 머리를 쥐어짜서 나오는 것이 아니
다. 섬광처럼 번개처럼 어느 순간 번쩍 하고 찾아오는 것이다. 일
상에 몰입할 때 마치 선물처럼 주어진다. 사랑하는 마음으로 사람
을 대하고, 감사한 마음으로 사물을 볼 때, 번개처럼 내리꽂힌다.
어느 항공사는 광고 문구 하나로 적자를 흑자로 돌렸다고 한다.

당신의 거실이 미국으로 날아갑니다.

이 광고 문구를 만든 사람 또한 그런 과정을 거쳤을 것이다.

세상에서 가장 즐겁고 행복한 것은 바로 평생 지속할 수 있는 일을 갖는 것이고, 세상에서 가장 외로운 사람은 일이 없거나 남의 일만 할 수 없이 하는 사람이다. 일을 하면서 자신의 가치를 높여 연봉을 얼마나 올릴 것인지를 생각하는 것보다, 가치보다 보람에 초점을 두고 최선을 다하는 것이 더욱 자신의 목표에 가까워지는 길일 것이다.

무슨 일을 하느냐가 중요한 것이 아니라 선택한 일에 대해 자신이 얼마나 최선을 다했는가가 중요하다. 신은 최선을 다한 자에게만 성공의 사다리를 내려 준다.

나비처럼 날아서
벌처럼 쏘라

친구와 저녁을 먹게 되면 당신이 먹고 싶은 것을 고집하지 말고 친구가 가자는 식당으로 향하라. 나중에 입장이 바뀌게 될지도 모른다. 그때 빙긋이 웃으며 맛있게 먹으면 된다. 사랑하는 사람끼리 이렇게 할 수 있다면 그래서 자신이 좋아하는 사람이 좋아하는 것을 좋아할 수 있다면 둘은 좀 더 가까워질 것이다.

— 에크낫 이스워런, 《인생이 내게 말을 걸어왔다》 중에서

무하마드 알리는 세계에서 가장 위대한 복서로 알려져 있다. 존 프레이저와의 경기에서 1천만 달러를 벌어들인 그는 권투 경기에 앞서 꼭 명언을 남기곤 했다.

나비처럼 날아서 벌처럼 쏘겠다.

소련 전차처럼 쳐들어가겠다.

프랑스 미꾸라지처럼 빠져나오겠다.

일본의 진주만 기습처럼 공격하겠다.

훗날 그는 자신의 명언들에 대해서 이런 말을 남겼다. 자신이 만든 명언이 자신을 만들었다는 의미다.

내 승리의 반은 주먹이었고, 반은 말에 있었다.

이처럼 성공한 사람들은 항상 적극적이고 긍정적인 말로 자신을 성공화로 각인시킨다. 성공학의 대가 데일 카네기는 성공한 사람들은 부정적인 세 가지 말, "없다" "잃었다" "한계가 있다"는 말은 절대로 하지 않았다고 한다.

정직과 감사의
두 날개로 날아올라라

엄마는 학교생활과 사회활동에서 리더 역할을 충실하게 해내고 있는 네 모습을 볼 때마다 흐뭇하다. 너는 우리 가족 모두에게 무한한 기쁨을 선사하고 있단다.

너는 창의력 있으면서 감성이 풍부하고 무슨 일에서든 성실하게 열심히 노력하는 모습을 보여 주었지. 네게 형이 갖지 않은 다른 장점이 많다는 것을 안다.

특히 다른 사람을 행복하게 해 주는 유머와 좋은 인간성은 세상 어느 것과도 바꿀 수 없는 너의 재능임이 분명하다. 네가 친구에게 보낸 위로의 글을 보고, 그 친구의 엄마가 나한테 전화를 한 적도 있다. 힘들어 하는 자기 딸에게 재미있는 글로 용기와 꿈을 주는 네가 너무나 고맙다는 것이었지.

나도 네게 도움이 될 이야기 몇 가지를 들려주고 싶다.

아리스토텔레스는 이렇게 말했단다.

"비판은 얼마든지 쉽게 피할 수 있다. 아무 말도 하지 말고, 아무 행동도 취하지 않으며, 하찮은 사람으로 살아가면 된다."

명심해라. 너는 위험을 피하고 이쪽과 저쪽 중간에서 눈치나 보는 사람이 아니다. 확고하게 너의 의지와 꿈을 펼치는 자랑스러운 나의 아들이다.

존 맥스웰 목사는 "오리를 독수리 학교에 보내지 말라"고 충고했다. 오리는 오리가 할 일을 하고, 독수리는 독수리가 해야 할 일을 해야 한다. 오리를 데려다가 독수리의 역할을 하라고 요구해서는 곤란하겠지. 엄마는 네가 더 넓은 하늘을 나는 독수리가 되어 모두를 행복하게 만드는 일에 앞장서리라 본다.

17세기 영국의 시골농부가 하나님께 이렇게 기도를 했다.

"혼란스러운 이 나라를 구할 지도자를 주십시오."

하나님은 이렇게 대답하셨다.

"네게 능력 주시는 자 안에서 네가 모든 것을 할 수 있다."

그가 바로 청교도 지도자 올리버 크롬웰이다. 모세가 이스라엘 민족을 이집트에서 이끌어냈고, 빌헬름 텔이 아들의 머리 위에 있는 사과를 맞춰야 하는 위험을 겪고도 역경을 딛고 스위스 독립운동에 불을 지폈으며, 존 번연이 비국교도 박해로 6개월 동안 투옥된 시기에 기독교 고전 문학 작품인 《천로역정》을 쓴 것도 바로 기회를 자신의 것으로 만들었기 때문이었다. 모든 역경의 한가운데는 반드시 기회가 숨겨져 있다.

어느 현자가 자신의 수명이 얼마 남지 않았다는 것을 알고 두 제자 중 하나를 후계자로 삼기 위해 그들에게 각각 벼 종자를 나누어 주면서 이렇게 말했다.

"그 종자를 잘 뿌려서 잘 키운 뒤 벼가 잘 익었을 때 찾아오너라. 가장 많이 수확한 사람을 후계자로 삼겠다."

나중에 한 제자가 벼를 지게에 가득 지고서 스승을 찾아왔는데, 정작 스승은 그 제자 대신 빈손으로 찾아온 제자를 후계자로 삼았다. 지게를 지고 온 제자는 스승에게 그 이유를 따져 물었다. 스승은 이렇게 대답했다.

"내가 너희 둘에게 준 종자는 모두 삶아 익힌 것이었느니라."

우리는 살아가면서 어려움과 역경을 겪게 되지만 이것을 이길 힘은 나만의 능력이나 운이 아니라는 것을 알았으면 한다. 영국의 철학자 러셀도 "신이 있다고 가정하지 않는 한, 삶의 목적에 대한 질문은 무의미하다"라고 말했다. 세상의 출세나 성공을 좇기보다는 상처 받고 존재 가치를 잃은 많은 사람에게 희망의 불씨가 되거라. 주어진 일을 제대로 하기보다 일을 찾아 제대로 할 수 있는 영향력을 발휘해라. 그리고 네 꿈을 세상에 널리 펼쳐라. 엄마는 항상 너를 위해 기도하겠다.

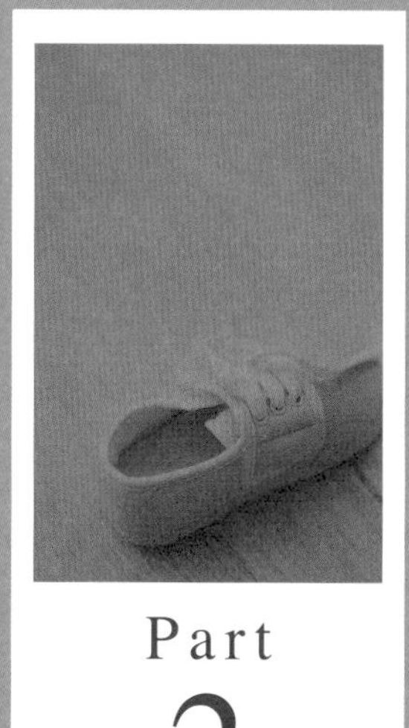

Part
2

긍정의 힘으로
세상을 보라

 우리는 이따금 눈앞에 있는 마시멜로 하나를 먹지 않고 참으면, 나중에는 마시멜로 두 개를 얻을 수 있다는 시험에 들게 된다. 분명 끈기 있게 참고 견디면 마시멜로는 더 많이 얻을 수 있을 것이다. 그렇지만 스스로에게 물어보라. 마시멜로 두 개가 반드시 두 배의 행복을 가져올 것인가? ●

주는 자는 받는 자보다 더 큰 행복을 얻는다

재주를 다 쓰지 말고 남겨 두었다가 조물주에게 돌려주라. 봉록 (俸祿)을 다 쓰지 말고 남겨 두었다가 조정에 돌려주라. 재물을 다 쓰지 말고 남겨 두었다가 백성에게 돌려주라. 복을 다 누리지 말고 남겨 두었다가 자손에게 돌려주라.

—《명심보감》,〈성심〉편

석유왕 존 D. 록펠러는 빌 게이츠가 세계 최고의 부자로서 모은 부의 세 배 이상을 거머쥐었던, 인류 역사상 최고의 부자다. 평범한 가정에서 태어나 세계 최고의 부자가 된 그의 성공 비결은 바로 자신이 가장 잘할 수 있는 재능을 마음껏 발휘하는 것이었다.

그는 커다란 성공을 거두고도 결코 낭비하거나 사치하지 않고 평생 검소한 생활을 해 나갔다. 또한 기부 사업을 통해 많은 사람

들에게 자신의 부를 나눠 주며 100세에 가까운 나이까지 행복하
게 살았다.

　우리는 비싸고 그럴싸한 것들이 자선이라고 생각하지만 물질을
나누는 것만이 기부는 아니다. 매년 겨울마다 사랑의 마음을 끓게
하는 구세군 자선냄비의 유래는, 오래 전 영국에서 가난한 사람들
을 돕기 위해 실제로 주방에서 사용하던 커다란 솥을 거리에 내걸
었던 것에 착안한 것이다. 1891년 크리스마스가 다가올 무렵, 미
국 샌프란시스코의 구세군 사관이 솥을 들고 나가 오클랜드 부두
의 다리에 놓고 성금을 모으기 시작했다고 한다.
　따뜻한 말 한마디, 작은 미소, 동전 몇 개로도 행복 바이러스를
번지게 할 수 있다. 자선은 받는 사람보다 하는 사람이 더 행복하
다는 사실을 기억하라.

남과의 비교는
불행의 씨앗

비교 병에 걸렸다 싶으면 마치 다른 사람의 속성을 쌍안경으로 보듯(물론 확대된다) 비교 대상자들의 속성을 본다. 그리고 자신의 속성을 보기 전에, 쌍안경을 거꾸로 돌려놓는다. 쌍안경을 거꾸로 들고 길을 본 적이 있는가? 모든 것이 작고 멀어 보인다. 도박꾼들은 딴 돈에 대해서는 장황하게 말하지만 그 과정에서 얼마를 잃었는지에 대해서는 거의 말하지 않는다. 비교 병으로 고통받는 사람은 반대로 행동한다.

— 아서 프리먼, 《그동안 당신만 몰랐던 스마트한 실수들》 중에서

누군가 다른 사람과 나를 비교하는 순간 행복은 멀어진다. 물론 내게 없는 장점을 지닌 사람과 비교해서 스스로 반성하고 게으름에서 벗어나 더욱 성장할 수 있는 자극이 될 수도 있다. 하지만 보

통은 부정적인 비교의식 때문에 스스로를 보잘 것 없는 존재로 생각하게 되기 쉽다.

인생에서 벌어진 사건들 중에서 나를 가장 행복하게 만든 일을 생각해 보라. 대학에 합격한 일인가? 내가 좋아하는 일을 할 수 있는 직장을 찾은 일인가? 사랑하는 사람을 만나 결혼한 일인가? 복권에 당첨된 일인가? 어떤 일이든지 남과 비교하지 않고 만족하고 행복을 찾은 일이었을 것이다.

봉사 활동을 하는 사람들에게 봉사 후 느낀 점을 물어보면, 공통적인 대답은 자신이 무언가를 받을 때보다 남에게 나눠줄 때 그 기쁨이 수십 배 더 크다는 것이다. 평생을 봉사하면서 생을 마감한 슈바이처도 이렇게 말했다.

직업을 통한 봉사. 이것이 직업의 진정한 가치다.

네가 있어
세상은 아름답다

낙천적 사고의 3가지 법칙.

첫째, 나에게 일어나는 일은 그것이 어떠한 것일지라도 나에게 도움이 되는 것들이다.

둘째, 나에게 일어나는 일은 그것이 어떠한 것일지라도 스스로 해결할 수 있는 일이다.

셋째, 나에게 일어난 문제의 해결책은 생각지도 못한 뜻밖의 방향에서 찾아온다.

— 사토 도미오, 《거울 앞에서 외쳐라》 중에서

어느 날 기자가 빌 게이츠에게 물었다.

"당신이 세계 최고의 갑부가 된 비결은 무엇입니까?"

그의 대답은 간단하고 명료했다.

"저는 날마다 스스로에게 두 가지 최면을 겁니다. 하나는 '오늘은 나에게 큰 행운이 찾아올 것이다' 그리고 또 하나는 '나는 뭐든지 할 수 있다' 라고 생각하는 것입니다."

긍정적인 사고의 힘은 언제나 도전할 수 있다는 것이다. 제2차 세계대전 중 미군이 적 8개 사단에게 포위되어 꼼짝달싹할 수 없을 때, 미 해병대 장군 체스티 풀러는 부하들을 향해 이렇게 외쳤다.

"우리는 포위되었다. 적들은 우리 왼편에도, 오른편에도, 앞에도, 뒤에도 있다. 덕분에 전술은 간단하다. 모든 방향으로 공격하라!"

내가 가야 할 길은 오직 하나다. 행복을 위해 앞으로 전진하는 것이다.

그 행복은 최고급 호텔에서 당대의 실력자들과 함께하는 만찬일 수도 있고, 반찬이라고는 고작 김치 한 가지뿐일지라도 가족과 함께하는 저녁 식사일 수도 있다. 그 행복을 함께하는 사람들을 위해 뛰어라. 너무 힘들어 당장이라도 그만두고 싶을 때 내가 꿈꾸는 미래, 나를 바라보는 사람들의 얼굴을 생각하고 다시 힘을 내라.

오늘도 태양은
나를 위해 떠오른다

태양은 또다시 떠오른다. 태양은 저녁이 되면 석양이 물든 지평선으로 지지만, 아침이 되면 다시 떠오른다. 태양은 결코 이 세상을 어둠이 지배하도록 놔두지 않는다. 태양은 밝음을 주고 생명을 주고 따스함을 준다. 태양이 있는 한 절망하지 않아도 된다. 희망이 곧 태양이다.

— 어니스트 헤밍웨이(미국의 소설가)

러시아의 작가 고골리는 "신은 슬픔에 의해 인간의 지혜를 깊게 한다"고 말했다. 고뇌나 슬픔은 인간에게 책 속에서는 얻을 수 없는 지혜를 얻기 위해 주어진 것이다. 신은 인간이 도망치고 숨으려고 노력하는 슬픔에 의해서 인간의 지혜를 심화시키는 것이다.

소년기에 아버지를 잃고 생활고를 치른 뒤, 혁명기의 중국에서

민족의 해방과 독립을 위해 전력을 기울인 작가 루쉰은 절망에 대
해 이렇게 말했다.

그는 끊임없이 찾아오는 절망적인 상황을 자력으로 물리치는
것에 의해 "절망도 희망이다. 절망은 오히려 마음의 좌절과 굴복
에 지나지 않는다"는 점을 강조하고 있다.

정녕 마지막인 것 같은 순간에 비로소 새로운 희망이 움튼다.
어둠이 지속될 것 같은 깊은 밤에도 태양은 어김없이 솟는다. 불
안과 비관이 겹쳐도 언제나 맞서 싸우고 또한 자기를 지켜라. 참
고 견디는 자에게 보상은 반드시 있다. 시간은 지금 이순간에도
계속 흐르고 있다는 사실을 잊지 말라.

인간의 가슴에서 희망을 떼어내면, 그는 한 마리 짐승에 불과
하다.

# 이 또한 지나가리라

슬픔이 그대의 삶으로 밀려와 마음을 흔들고

소중한 것들을 쓸어가 버릴 때면

그대 가슴에 대고 다만 말하라

이것 또한 지나가리라.

행운이 그대에게 미소 짓고

기쁨과 환희로 가득할 때

근심 없는 날들이 스쳐갈 때면

세속적인 것들에만 의존하지 않도록

이 말을 깊이 생각하고 가슴에 품어라.

이것 또한 지나가리라.

그대의 진실한 노력이 명예와 영광

그리고 지상의 모든 귀한 것들을

그대에게 가져와 웃음을 선사할 때면

인생에게 가장 오래 지속될 일도

가장 웅대한 일도

지상에서 잠깐 스쳐가는 한 순간에 불과함을 기억하라.

이것 또한 지나가리라.

— 랜터 윌슨 스미스(미국의 시인)

페르시아에 전해 내려오는 유명한 이야기가 있다. 페르시아의 한 왕이 신하들에게 명령했다.

"마음이 슬플 때는 기쁘게, 기쁠 때는 겸손하게 만드는 물건을 가져오라!"

신하들은 몇날 며칠 격렬한 토론 끝에 반지 하나를 왕에게 바쳤다. 왕은 반지에 적힌 글귀를 읽고는 크게 웃음을 터뜨리며 만족했다. 반지에는 한 문장이 새겨져 있었다.

이 또한 지나가리라.

살다 보면 정말 가까운 사람들에게도 털어놓지 못하는 일들이 생기기도 한다. 또는 털어놓고도 상대방에게 이해받지 못해 더 좌절할 때도 있다. 기쁨은 방심하고 나태하게 만들며, 슬픔은 좌절과 무기력에 빠뜨린다. 그런 순간에 이 말을 떠올리고 입으로 되뇌어보라.

이 또한 지나가리라.

변화는 성장할 수 있는 기회를 불러온다

역사 자체를 바꿀 수 있는 사람은 없다. 하지만 각자는 역사 속의 사건에 변화를 줄 수 있는 능력을 가지고 있다. 모두의 행동이 모여 이 세대의 역사가 써지도록 주목하고 격려하는 것도 사는 존재의 의미가 아닐까? 존재하는 것을 변화시키는 것은 성숙하게 만드는 것이다.

— 앙리 베르그송(프랑스의 철학자)

빌 게이츠는 마이크로소프트 회장 시절 평소 직원들에게 이렇게 강조했다.

"Change(변화)의 G를 C로 바꿔보십시오. Chance(기회)가 되지 않습니까? 변화 속에는 반드시 기회가 숨어 있습니다. 저의 성공 비결은 간단합니다. 날마다 새롭게 변화했을 뿐입니다."

세상을 살아가면서 이 교훈을 절대 잊지 말아야 할 것이다. 변화는 내가 성장할 수 있는 기회를 불러온다. 이 좁은 세상에서 복잡한 생존 경쟁의 변화에 익숙해지지 못하면 내게 온 기회를 놓치고 실패하는 것이다. 지금 우리는 미래가 어떻게 변화하기를 기다리는가? 세상이 변하기를 기다리고만 있을 것인가? 날마다 새롭게 변화하기를 주저하지 말라. 변화의 승리자가 되기 위한 길은 무엇인지 생각해 보라.

자신이 해야 할 일을 결정하고 가장 잘 아는 사람은 세상에서 단 한 사람, 오직 나 자신뿐이다.

역사는 늘
진실의 편에 있다

누군가 "진실이란 것은 없다. 진실에 대한 인식만이 있을 뿐이다"고 했다. 당신이 이 말을 받아들이든 받아들이지 않든 당신이 진실이라고 믿는 것은 당신의 진실이 된다.

당신의 잠재의식은 당신이 진실이라고 말하는 것을 무조건 믿는다. 따라서 전에 한 번도 해 본 적이 없는 두려운 임무를 앞두고 있다면, 실패의 가능성이 아니라 성공의 가능성에 초점을 맞추어라. 그리고 그 일을 작은 부분들로 나눈 다음 하나씩 공략하라. 일에서의 성공과 실패의 차이는 당신의 태도에서 나온다.

— 나폴레온 힐의《성공을 위한 365일 명상》중에서

고대 이집트인들은 영혼의 불멸을 믿으며 진실을 중시하는 세계관을 지니고 있었다. 그들이 만들어낸 피라미드는 현대 과학기

술로도 어떻게 건축했는지 추측할 수 없는 엄청난 미스테리다.

노예들의 강제적인 노역보다는 온 국민이 축제처럼 참여한 결과는 아닐까. 리더가 어디를 향해 나아가느냐가 중요하다. 과거에 묶여서는 미래로 갈 수 없다. 인간은 과거와 미래 두 가지를 동시에 집중하지 못하기 때문이다.

우리에게 산적한 문제인 경제적 양극화, 저축은행 비자금, 글로벌 경제 위기, 대통령 후보 난립 등으로 혼란스럽고 두렵기도 하지만 역사는 늘 진실의 편에 있다. 간디는 자신이 꿈꾸는 세상에 대해 이렇게 설명했다.

> 만일 우리 모두가 늙은이나 젊은이나 남자나 여자나 모두 진실로 돌아가서 일할 때나, 식사할 때나, 마실 때나, 놀 때나, 눈을 떴을 때나, 언제든지 그리고 마침내 육체가 진실과 혼연일체가 된다면 얼마나 아름다울 것인가.

아들아,
난 널 믿는다

머리로는 계산을 하고, 영혼으로는 갈망하지만, 자신이 정말로
뭘 원하는지 아는 건 가슴뿐이다.

— 스티븐 킹(미국의 소설가)

이 세상 모든 것은 오직 마음가짐에 달려 있다. 일체가 마음의
산물이기 때문에 사물을 긍정적으로 보느냐, 아니면 부정적 시각
에서 보느냐에 따라서 전혀 다른 판단이 나오게 된다는 뜻이다.

비관의 색안경을 쓰면 인생의 즐거움보다 죽음의 허무함만이
보이기 마련이다. 누군가를 만나는 기쁨에 앞서 이별의 슬픔부터
생각하게 된다.

낙관의 안경을 쓰면 모든 것이 즐겁기만 하다. 밝은 태양도 기
쁨이며, 건강한 몸도 기쁨이다. 감사하는 마음으로 대하면 모든

것이 감사할 따름이다. 이 세상 모든 일은 우리의 마음가짐에 따라 천양지차로 바뀌게 된다. 선택은 스스로의 몫이다.

믿음의 근거를 어디에 두느냐에 따라 차이가 난다. 머리는 지식으로, 손발은 경험으로, 기억되지만 마음은 심장의 박동으로 깨어난다. 빌 게이츠의 아버지는 그에게 늘 이렇게 말했다.

"아들아, 난 널 믿는다."

이것이 바로 빌 게이츠를 세계 최고의 부자로 만든 힘이다.

평화의 하루에
감사하라

이 숲의 주인을 나는 알 것 같다

그러나 그의 집은 마을에 있어

자기 숲에 쌓이는 눈을

나 여기서 바라봄을 그는 모르리

나의 작은 말도 이상하게 생각하리

근처에 농가도 없는 곳에 멈추는 나를

한해의 가장 어두운 저녁

숲과의 얼어붙은 호수 사이에

그는 마구에 달린 방울을 흔든다

무슨 일이 있느냐는 듯이

그 외에 나는 것은

느슨한 바람 따라 눈송이 쓸리는 소리

숲은 아름답고 어둡고 깊다

허나 지켜야 할 약속이 있고

잠들기 전 몇 마일을 가야만 한다

잠들기 전 몇 마일을 가야만 한다

— 로버트 프로스트, 〈눈 내리는 어느 날 저녁 숲가에 서서〉

존 F. 케네디가 좋아하며 가장 존경했던 시인이 로버트 프로스트라고 한다. 이 시에서는 숲의 안정감과 평화로움이 샘솟고 있다. 눈 내리는 숲의 아름다운 꿈과 떠나야 하는 의무를 진 인생을 잘 대비하고 있다. 프로스트는 평소 여행을 자주 하면서 인간의 근본적인 문제를 통찰하며 인생의 예지를 보여 준다. 그는 숲을 주제로 선택하곤 했는데, 자연을 통한 잔잔한 아름다움을 인생에 대입해 나타냈다.

잠들기 전 어떤 생각을 하는가? 하루 중 일어났던 많은 사건에 대한 평가를 하고 있지 않는가? 행복, 기쁨 혹은 분노, 좌절에 휩싸여 있지는 않는가? 그렇다면 얼른 마음의 채널을 바꿔야 한다. 역사드라마 채널을 보는데 폭소가 터져 나올 수는 없지 않은가.

삶이 우리를 속일지라도
희망의 돛을 높이 펴라

삶이 그대를 속일지라도 슬퍼하거나 노여워하지 말라

슬픔의 날 참고 견디면 기쁨의 날이 오리니

마음은 미래에 살고 현재는 늘 슬픈 것

모든 것은 순간에 지나가고 지나간 것은 다시 그리워지나니

— 알렉산데르 푸슈킨(러시아의 시인)

100번 졌다면 실망하거나 우울할 필요가 없다. 101번째에 이기면 된다. 나중에 뒤돌아보면 가장 고통스러울 때가 가장 아름다운 순간이 아닌가?

다른 사람들을 대할 때에도 마찬가지다. 언제나 너그러운 마음으로 사람들을 나무라지 말아야 한다. 믿음이 커질수록 그만큼 젊어지고, 의심의 양에 따라 그만큼 늙어간다. 사랑이 커질수록 두려움은 사라진다. 희망의 돛을 높이 펴라. 삶이 우리를 속일지라도 서로 사랑하고 이해해야 한다.

기쁨에 잠겨 있는 사람은 현재에 만족하기 쉽다. 고통에 잠겨 있는 사람은 고통을 떨쳐버리기 위해 온갖 노력을 기울이려 든다. 자기 자신을 되돌아보며 환경을 개선하고 잘못을 수정한다. 그런 경험은 영혼의 성장에 크게 도움이 된다. 또한 고통을 알고 있는 사람은 다른 사람의 고통도 잘 이해할 수 있다.

# 소금과 가시

좋은 음식도 소금으로 간을 맞추지 않으면 그 맛을 잃고 만다. 모든 행동도 음식과 같이 간을 맞춰야 한다. 음식을 먹기 전에 간을 먼저 보듯이 행동을 시작하기 전에 먼저 생각하라. 생각은 인생의 소금이다.

— 에드워드 조지 리튼(영국의 작가)

바닷물에는 왜 소금이 녹아 있을까?

지구가 처음 생겨난 이후 오랫동안 큰 비가 내려 지구 표면에 있던 여러 물질 중에서 물에 녹기 쉬운 물질이 녹아 씻겨 바다로 흘러내려 갔는데, 염분도 이 중 하나다. 바다의 염도 3.5%가 바다 생태계의 부패를 막는다.

장미에는 왜 가시가 있을까?

그리스 신화에 의하면 어느 날 큐피드가 장미꽃의 아름다움에 반해 키스를 하려는 순간 벌이 나와 큐피드의 입술을 쏘았다. 큐피드의 어머니 비너스는 화가 나서 많은 벌들의 침을 장미 줄기에 붙여 버렸다.

하지만 장미의 가시는 해충이 줄기를 타고 위로 올라와 꽃에 피해 입히는 것을 막기 위한 일종의 자기 방어책이다.

당신 인생의 소금과 가시는 무엇인가?

평생 즐겁게 일하라

일이 즐겁다면 인생은 극락이다. 일이 괴롭다면 인생은 지옥
이다.

— 막심 고리키(러시아의 소설가)

사람은 일을 통해 미래를 설계하며 휴식의 즐거움과 삶의 의미
를 찾는다.

유대인은 세계 인구 가운데 0.2%에 불과하지만, 전체 노벨상
수상자 중 22%나 차지한다. 그 이유는 IQ나 교육 환경 덕분이 아
니다. 영국 심리학자 리차드 린이 세계 113개국의 IQ를 조사한 바
에 따르면 이스라엘은 13위, 노벨상을 가장 많이 배출한 미국은
10위권 안에 들지 못했고, 한국은 2위에 이른다고 한다.

유대인들은 어린 시절부터 그들의 경전인 《탈무드》를 통해 일과

학습의 중요성 등 삶의 지혜를 배우기 때문에 우수한 인재가 많다고 한다. 탈무드는 자녀 교육에 대해 이런 가르침을 전하고 있다.

자기 아이에게 육체적인 노동을 가르치지 않는 것은 그에게 약탈, 강도 같은 것을 가르치는 것과 마찬가지이다.

일이 내 생활의 꽃이자 삶의 보람이자 마음의 기쁨이 되기 위해서는, 일을 하는 것이 매일매일 즐거워야 한다. 굴러가는 돌에 이끼가 끼지 않는 것처럼.

나는 어떻게 더
행복해질 수 있는가

자연은 우리 모두에게 행복의 기회를 주었다. 우리는 그 기회를 사용하는 법을 알아야 한다.

— 탈 벤 샤하르, 《해피어》 중에서

행복은 흔히 즐거움, 황홀경, 만족과 같은 동의어로도 사용되지만, 그 어원은 행운 또는 기회를 뜻하는 아이슬란드어 'happ'으로, 'haphazard(우연)' 'happenstance(우연한 일)'과 어원이 같다.

우리는 성취주의에 매우 익숙해져 있다. 미래의 행복을 위해 현재를 희생하면서, 현재의 고통이 지나간 후에는 보상이 따를 것이라 믿어 왔다. 하지만 목표를 이루고 보면 허무함이 남는다.

우리는 이따금 눈앞에 있는 마시멜로 하나를 먹지 않고 참으면, 나중에는 마시멜로 두 개를 얻을 수 있다는 시험에 들게 된다. 분명 끈기 있게 참고 견디면 마시멜로는 더 많이 얻을 수 있을 것이다. 그렇지만 스스로에게 물어보라. 마시멜로 두 개가 반드시 두 배의 행복을 가져올 것인가?

진정한 행복을 배우려면 우선 만족하는 법부터 알아야 한다. 그리고 무엇이 나를 행복하게 해주는지를 찾아야 한다. 따라서 지금 행복한가 아닌가의 이분법으로 질문하는 것은 옳지 않다. 행복하지 못하면 불행하다는 식으로는 어느 누구도 항상 완벽한 기쁨을 맛볼 수 없다.

행복을 추구하는 것은 행복을 얻은 지점에서 끝나는 게 아니라 행복을 찾아가는 지속적인 과정이다. 우리는 스스로 "나는 어떻게 더욱 행복해질 수 있는가"라고 질문해야 한다.

삶은 생각한 대로
이루어진다

기대하는 대로 얻는다.

— 앤드류 매튜스(오스트레일리아의 작가)

성취하는 사람과 그렇지 못한 사람의 차이는 생각하는 습관에서 나온다. 성취하는 사람은 자신이 성취한 모습을 상상하고 기대하면서 열정적으로 일한다. 하지만 그렇지 못한 사람은 의심과 걱정으로 문제점만 생각하느라 실행하지 못하고 머뭇거리기 때문에 결국 성취하지도 못한다.

소니를 세계적인 회사로 만든 것은 모리타 아키오 회장이다. 어린 시절 그는 소문난 열등생이었다. 중학교에서는 학생들이 교실 앞자리부터 공부를 못하는 순서로 앉혀졌는데, 그는 언제나 맨 앞줄이었다. 공부를 너무 못했기에 그의 어머니는 몇 번이나 학교에 불려가 담임선생님으로부터 주의를 받았다. 꾸중을 듣고 나면 조금은 공부를 하지만 꾸준히 계속하지 않아 성적이 좀체로 나아지지 않았다.

그런데 중학교 졸업을 한 해 앞둔 그가 명문 구제 제8고등학교 이과를 지망하겠다고 나섰다. 선생님은 물론 주위에서 모두 절대 불가능하니 그만두라며 말릴 정도였다. 심지어 본인도 충분히 납득했지만 그래도 그는 굳게 결심하고 포기하지 않았다. 졸업 때의 성적은 250명 중 180등, 결국 고등학교 입시에 실패했다.

그는 대학 입시에 실패한 후에도 재수생이 되어 1년간 한눈팔지 않고 취약한 과목을 철저히 공부했다. 그렇게 열심히 공부한 보람이 있어 다음해에 목표한 고등학교에 합격했다.

확고한 결의가 있으면 무슨 일이든 가능하다는 것을 그때 절실히 깨달았다. 이후 그것은 나의 철학이 되어 오늘날에 이르렀다.

아무리 상황이 나빠지더라도 반드시 할 수 있다는 것을 믿으라.

처음 품었던 희망으로
평생 살아갈 수 있다면

희망은 사람을 성공으로 인도하는 신앙이다. 희망 없이는 아무 것도 이룩되지 않는다.

— 헬렌 켈러(미국의 사회사업가)

희망은 모든 일의 시작이면서 마지막까지 최선을 다하게 하는 힘이다. 희망은 삶을 지탱하는 중심축이며 행복한 삶의 전제조건이다. 희망에는 설렘과 기대가 공존한다. 모든 일에 처음 가졌던 부푼 희망을 잊지 말아야 한다.

처음 가졌던 희망으로 평생 살아갈 수 있다면, 미래의 바다로 꿈을 가득 실은 희망의 배를 띄울 수 있다면 어떠한 조건과 환경에서든지 우리는 늘 행복할 수 있을 것이다. 생각해 보라. 우리가 행복하지 않을 이유도 없지 않은가. 언제나 한 방향을 바라보고 처음처럼 살자.

하지만 반드시 주의해야 할 점이 있다. 희망이 왜곡되어 긍정의 힘이 타락하면, 희망은 한낱 욕망으로 변해버린다. 맹자는 이렇게 말했다.

욕망은 선악의 갈림길이다.

욕망은 희망으로 알맞게 갈무리될 때가 가장 좋다. 희망을 이룰 수 없을 때 인간은 포악해지고, 결국 욕망이 넘치면 인간은 타락한다. 욕망은 소유하고 싶어 하는 것에 마음을 빠뜨린다.

욕망은 마치 수렁 같아 너무 깊이 빠지면 헤어나올 수 없다. 사람은 저마다 개성이 있어서 다른 것 같지만 선을 좋아한다는 점에서는 다를 바 없다. 그러나 명예나 재물은 사람을 병들게 하기 때문에 사람은 죄를 짓는다. 범죄자들도 원래 본성이 악해서 범죄를 저지르는 것이 아니다. 희망이 변질된 욕망의 유혹에 넘어가고 말았기 때문이다.

미국의 정치가 벤저민 프랭클린도 이렇게 말했다.

욕망의 절반이 이루어지면 고통은 두 배가 될 것이다.

# 가르치기 어려운 수학 문제는
우리가 받은 축복을 세는 일

과거의 은혜를 회상함으로 감사는 태어난다. 감사는 고결한 영
혼의 얼굴이다.

— 토머스 제퍼슨(미국의 정치가)

키케로는 감사하는 마음은 가장 위대한 미덕일 뿐만 아니라,
다른 모든 미덕의 근원이 된다고 말했다. 서양 격언에 이런 말이
있다.

가장 가르치기 어려운 수학 문제는 우리가 받은 축복을 세어
보는 것이다.

늘 감사하는 마음을 가지고 산다는 것이 그리 생각보다 쉽지

않다. 하지만 사람이 얼마나 행복한지는 그 감사의 깊이에 달려
있다.

독일의 종교사상가 토마스 아 켐피스는 이렇게 말했다.

하나님은 항상 감사하는 자에게 축복을 주시며, 교만한 자
의 손에서는 축복을 거두시나, 겸손한 자에게는 언제나 허락하
신다.

행복한 사랑은
천국에서 이루어진다

대개의 사람들은 사랑을 함으로써 자기 자신을 잃는다.

— 헤르만 헤세, 《데미안》 중에서

하인리히 듀몰린은 《온전한 사람》에서 "행복한 사랑은 천국에서 이루어진다"고 말했다.

사랑하는 주변 사람들과 함께하지 못한다면, 누구든 고독으로 만년을 보낼 각오를 해야 한다. 가장 많은 시간을 보내는 집 안에 원수가 산다면 그것은 가정이 아니라 지옥이다. 배우자를 영원한 동반자로 만들기 위해 우선 배우자의 건강을 살펴야 한다.

혼자 자는 일도 삼갈 일이다. 자다가 침대에서 떨어져도 모르면 큰일이다. 공동의 관심사나 취미를 만드는 것도 중요하다.

그렇다고 자기 취미를 강요해서도 안 된다.

한 남자가 아내와 함께하는 취미를 만들면 좋겠다는 생각을 하고 주말에 아내를 등산에 데려갔다. 부부는 함께 기분 좋게 출발했지만, 돌아오는 길에는 남편 혼자였다.

등산을 하는 동안 남편이 아내에게 한 말이라고는 "빨리 와"뿐이었기 때문이다.

꽃처럼 웃어라

우리는 나이를 먹으면 먹을수록 고양이처럼 사는 것을 배우게 된다. 점점 더 소리를 내지 않고, 점점 더 조심스럽고 까다로워진다.

— 루이제 린저, 《생의 한가운데》

19세기 최고의 시인 롱펠로에게는 두 명의 아내가 있었지만 모두 일찍 잃었다. 첫 번째 부인은 오랜 투병생활을 하다가 외롭게 숨졌고, 두 번째 부인은 부엌에서 발생한 화재로 비참하게 최후를 맞았다.

이런 절망적 상황에서도 롱펠로의 시는 여전히 아름다웠다. 임종을 앞둔 롱펠로에게 한 기자가 물었다.

"숱한 역경과 고난을 겪으면서도 당신의 작품에는 진한 인생의 향기가 담겨 있습니다. 그 비결이 무엇입니까?"

롱펠로는 마당의 사과나무를 가리키며 말했다.

"저 나무가 나의 스승이었습니다. 저 나무는 매우 늙었습니다. 그러나 해마다 단맛을 내는 사과가 주렁주렁 열립니다. 그것은 늙은 나뭇가지에서 새순이 돋기 때문입니다."

롱펠로에게 힘을 준 것은 긍정적인 생각이었다. 인생은 어떤 관점으로 바라보느냐에 따라 사람마다 차이가 생긴다.

누구나 똑같이 나이가 들고 늙어가지만, 나이가 드는 자신을 병들어 가는 고목으로 생각하는 노인과 세월이 갈수록 가치가 빛나는 골동품처럼 생각하는 노인은 다르다. 운명을 바꾸는 것은 환경이 아니라 꿈이다.

일본의 여성 등반가 와타나베 다마에는 1938년생으로, 28세부터 등산을 시작했다. 그녀가 64세가 되던 2002년에는 에베레스트에 오른 최고령 여성 등반가로 이름을 올렸다.

하지만 그녀는 거기서 멈추지 않았다. 10년이 지난 2012년, 그녀는 다시 에베레스트 등반에 성공했다. 그녀는 기자와의 인터뷰에서 이렇게 말했다.

"아무도 내 기록을 깨지 않으니 내가 다시 도전했을 뿐입니다."

가장 빠른 새,
가장 값진 금

칠십 년은 끔찍하게 긴 세월이다. 그러나 건져 올릴 수 있는 장면이 고작 반나절 동안에 대여섯 번도 더 연속 상연하고도 시간이 남아도는 분량밖에 안 되다니. 눈물이 날 것 같은 허망감을 시냇물 소리가 다독거려 준다.

— 박완서(한국의 소설가)

이 글을 읽으면 가슴이 철렁 내려앉은 느낌이 든다. 새 중에서 가장 빠른 새는 무엇일까? "눈 깜빡할 새"보다 더 빠른 그 새의 이름은 바로 "어느새"이다. 세월은 지금도 흘러가고 있다. 새해 아침 들뜬 마음으로 세웠던 수많은 계획들은 지금 어디 있는가? 어느새 우리는 새로운 제야의 종소리를 듣게 된다.

그러므로 황금보다 값진 금은 바로 "지금"이다. 지금에 집중하라.

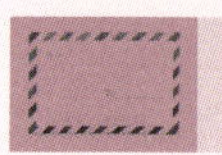

금메달보다 값진 동메달

네가 어느새 커서 새로운 가정을 꾸민다고 생각하니 가슴 벅차고 흥이 절로 난다. 지금까지 가정의 소중함을 잊지 않고 자라준 네가 자랑스럽고 고맙다. 네가 좋아하는 운동을 한다고 할 때 상대를 해줄 사람이 마땅히 없어 엄마라도 널 도와주려고 유도를 배운 것 기억나니? 아빠와 엄마는 너를 위해 모든 것을 해 주고 싶었다.

세계 대회에서 아쉽게 금메달을 놓치고 동메달을 땄을 때 너의 당당한 모습을 기억한다. 실패했지만 다시 도전하는 것이 스포츠 정신이지. 이 자신감이야말로 금메달보다 더 값진 것이라고 본다.

이제 운동복을 벗고 건실한 기업을 경영하고 있는 네가 장차 경영인으로서 사회의 빛과 소금의 역할을 하리라 굳게 믿는다. 하지만 너의 장래에 대해 미리 걱정하지 않는다. 이미 힘들고 어려운 운동을 통해 다져진 정신력과 체력으로 어떤 일이든 능히 이겨낼

수 있으니 말이다. 유능한 경영인이 되기까지 얼마나 힘든 고통과
절망의 강을 건너야 하는지 알고 있겠지?

매일 새롭게 다가오는 태양빛, 순수한 얼굴 꽃 그리고 향기 나
는 이웃들과 함께 멋진 삶을 살아라. 마음껏 축복해 주고자 아빠
의 마음을 담은 기도문을 보낸다.

이런 아들이 되게 해 주옵소서.

숨 쉬는 자체에 감사하며 하루 분량의 즐거움에 만족하게 하
소서.

작은 것에서도 세상을 볼 수 있으며 소박한 일상의 행복을 주
소서.

섬김과 배려의 마음으로 자신의 얼굴이 드러나지 않는 겸손
을 주소서.

용기와 약속을 지키며 머물 자리와 떠나야 할 자리를 구분케
하소서.

희망과 꿈으로 불꽃같은 열정적 삶과 유머와 웃음의 꽃을 피
우게 하소서.

후일 인생 긴 여행과 같았다는 고백이 되게 하소서.

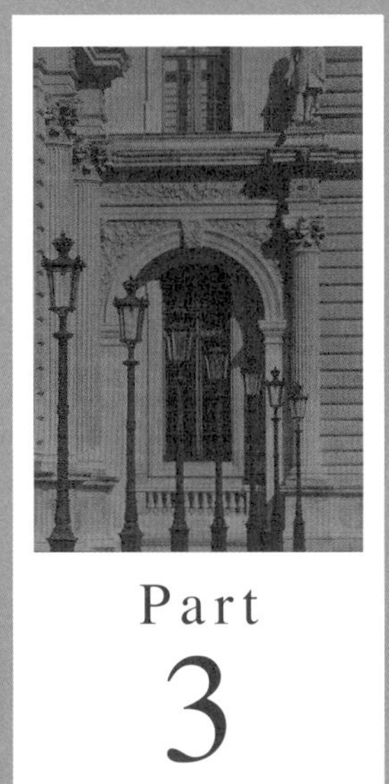

수백 년의 지혜,
배움에서 인생을 구하라

 우리 젊은이들의 꿈이 너무 작은 것인가, 아니면 세상의 물신
주의에 굴복한 것인가? 우리는 더 나은 세상을 만드는 시도조
차 하지 않게 된 것은 아닌가? 아무도 가지 않는 길을 만들어
나가는 것이 단순히 무리에서의 이탈에 지나지 않는다고 생각
하는 것은 아닌가? 나는 지금 어떤 길을 가고 있는가? ●

1만 시간의 법칙

최상급의 학생은 1만 시간 이상을 연습하고, 상급 학생은 8천 시간, 미래에 음악교사를 꿈꾸는 학생은 4천 시간을 연습한다.

— 말콤 글래드웰, 《아웃라이어》 중에서

매일 밤하늘에는 별은 뜨고 지고 다시 새로운 별이 탄생한다. 스타가 되기 위해서는 개인의 노력이나 성실함만이 아니라 어느 정도의 재능과 1만 시간 동안 연습할 수 있는 기회와 환경이 필요하다고 한다. 나는 왜 안 될까? 구박하기 전에 나의 습관을 되돌아보아야 할 것이다.

상상력이
운명을 좌우한다

교관: 우리는 무슨 사업을 하고 있습니까? 맥도널드가 햄버거
　　　를 만드는 줄은 누구나 다 압니다. 그런데 디즈니는 무얼
　　　만든다고 생각합니까?

신입사원: 사람들에게 행복을 만들어 줍니다.

교관: 네, 정확합니다. 디즈니는 사람들에게 행복을 팝니다. 그
　　　사람이 누구든, 어떤 언어를 사용하든, 무슨 일을 하든,
　　　출신이 어디든, 피부색이 어떻든 그런 것들은 중요한 게
　　　아닙니다. 우리는 사람들을 행복하게 해 주려고 일합니
　　　다. 일을 위해 채용된 사람은 아무도 없습니다. 우리 모두
　　　쇼의 배역으로 캐스팅된 것입니다.

— 짐 콜린스,《성공하는 기업들의 8가지 습관》중에서

저절로 행복해질 수는 없다. 행복도 연습해야 한다. 디즈니 사의 직원들은 고객에게 "행복"을 만들어 주고 있다고 생각하며 일한다.

디즈니 사의 창업자 월트 디즈니는 시카고 출신으로 그곳에서 여러 가지 일을 하면서 만화를 배운 뒤 1923년 로스앤젤레스로 갔다. 그곳에서 로이와 함께 당시 미개척 분야였던 애니메이션 영화사를 조직해서 1923~26년에 배우와 만화를 삽입한 '이상한 나라의 앨리스' '오스왈드 더 래빗' 등의 시리즈를 제작했다.

월트 디즈니는 탁월한 상상력을 가진 인물이었고, 자신의 일에 대한 집착이 강하며 자금의 흐름을 읽는 능력이 뛰어났다. 그의 성공적인 전략과 마케팅은 회사를 엔터테인먼트 산업에서 글로벌 우량 기업으로 성장시키는 원동력이 되었다. 디즈니의 원칙은 다음과 같다.

- 나는 불가능이라는 것을 몰랐다. 나는 뛰어가서 기회를 잡았던 것이다.
- 꿈꿀 수만 있다면 무엇이든 이룰 수도 있다. 기회는 준비하는 자에게 온다.
- 아이디어라는 녀석은 연필로 그린 스케치 하나에서 태어날 수도 있다.

- 아무리 훌륭한 일이나 아무리 완전한 일을 했다고 하더라도, 그 사람의 괴로움, 그리고 번민을 이해하려는 마음에 그것이 미칠 수는 없다.

- 꿈을 실현하는 비결을 알고 있는 사람이 정복할 수 없는 것은 없다. 이 비법은 호기심, 자신감, 일관성, 용기로 요약할 수 있다. 이 중 가장 중요한 것은 자신감이다.

- 앞으로 계속해서 나가며, 새로운 문을 열고, 새로운 일을 벌인다. 우리에겐 호기심이 있기 때문이다. 호기심은 계속해서 새로운 길로 우리를 인도한다.

- 다시 와서 더 요구할 수 없도록 일을 철저히 행하라.

- 남과 다른 나만의 개성을 가져야 한다. 남과 달라야 한다. 내가 지닌 것이 사람들이 원하는 것이라면 사람들은 그것을 얻기 위해 나에게 오게 되어 있다.

- 엄청난 실망이 어쩌면 가장 좋은 일이 될 수도 있다.

뇌를 디자인하라

우리 뇌는 충분히 반복되어 시냅스가 형성되지 않은 것에는 저항을 일으킨다. 그러므로 좋은 습관이 몸에 익을 때까지는 21일간 의식적으로 노력을 기울여야 한다. 사람의 생체시계가 교정되는 데는 최소한 21일이 소요되기 때문이다. 21일은 생각이 대뇌피질에서 뇌간까지 내려가는 데 걸리는 최소한의 시간으로, 생각이 뇌간까지 내려가면 그때부터는 심장이 시키지 않아도 뛰는 것처럼, 의식하지 않아도 습관적으로 행하게 된다.

— 정철희, 《21일 공부모드》 중에서

공부의 신이 되기 위한 전략 중에서 노력과 열정의 습관을 뛰어넘을 것이 없다. 성공을 맛보려면, 당신은 반드시 더 일찍 움직이고 더 부지런해야 한다.

성공은 아무에게나 오지 않는 법이다. 철저하게 자기관리를 하면서 열심히 노력한 사람에게 주어지는 미래의 자화상이다. 오늘 걷지 않는다면 내일은 뛰어야 한다. 시간은 결코 돌아오지 않는다. 불가능이란 시도하지 않은 자가 만들어 낸 변명일 뿐이다. 당신이 지금 현실에 눈을 감았다면 당신의 미래도 같이 감길 것이다.

철학자 플라톤은 일찍이 "내가 나를 이기는 것이 인간 최대의 승리"라고 했다. 사람이 이 세상을 살아간다는 것은 남과의 싸움인 동시에 나 자신과의 싸움이다. 우리는 남과의 생존경쟁과 동시에 자기와의 투쟁 속에서 살아간다. 그래서 남을 이기려면 먼저 나를 이겨야 한다.

내 마음 속에는 나의 적이 많다. 이기심, 비겁함, 게으름, 탐욕, 좌절감은 모두 전진과 승리를 저해하는 요인들이며, 내가 싸워서 물리쳐야 할 적이다. 이러한 내 안의 적을 이기지 못할 때 나는 비겁하고, 무책임하고, 안일한 인간으로 전락한다.

성공하기 위한 삶이 아니라 행복하기 위한 삶이어야 한다

삶이란 우리의 인생 앞에 어떤 일이 생기느냐에 따라 결정되는
것이 아니라, 우리가 어떤 태도를 취하느냐에 따라 결정되는 것
이다.

— 존 호머 일스(영국의 정치가)

우리에게 매일 주어지는 오늘은 미래에 대한 새로운 기회이자
도전이다. 준비와 노력 없이 무의미하게 보낸 하루는 삶에 대한
예의가 아니다. 그 어떤 성취를 얻을 수도 없다.

매월 어김없이 날아오는 많은 청구서들을 보면 청구된 금액이
어디에 얼마가 사용되었는지 알 수 있다. 그런데 내가 지닌 능력
과 재능을 어디에 어떻게 사용하고 있는지 스스로 알고 있는가?
그것을 생각해 본다면 자신이 어떻게 삶을 대하며 살아가고 있는

지 알 수 있을 것이다.

끊임없이 자신을 점검하고 창의력과 상상력을 발휘하며 도전해야 한다. 노자의 말을 기억하라.

남에게 물고기 한 마리를 잡아 주는 것은 그에게 물고기를 잡는 방법을 가르쳐 주는 것보다 못하다.

탈무드에서도 "아이에게 물고기 한 마리를 주면 하루를 살 수 있지만, 물고기 잡는 방법을 가르치면 평생을 살 수 있다"는 가르침을 주고 있다. 스스로의 삶에 주인공이 되어야 한다. 주도적 삶으로 삶을 헤쳐나가야 한다. 인생을 사랑하라. 그러면 인생도 사랑을 돌려준다. 자기 인생을 싸구려 취급하면 인생에게도 싸구려 취급을 받는다. 삶이란 억지로 참고 해야 하는 노동이 아니다. 즐거움과 의미를 찾는 여행으로 만들어라. 삶을 행복의 도구가 아닌 행복 자체로 만드는 것이다.

프랑스의 철학자이자 평론가인 알랭은 《행복론》에서 이렇게 역설했다.

사람은 일에서 행복을 얻을 수 있고, 행복을 얻기 위해 일을 해야 한다.

성공하기 위한 삶이 아니라 행복하기 위한 삶이어야 한다. 자기 생명만을 사랑하는 것이 아닌 세상을 사랑해야 한다.

누구든지 자기 목숨을 아끼는 사람은 잃을 것이며 이 세상에 서 자기 목숨을 미워하는 사람은 목숨을 보존하며 영원히 살게 될 것이다. (요한의 복음서 12:25, 공동번역)

내 마음속 목소리는
어떤 길을 안내하는가

우리 머릿속의 목소리는 우리 것이 아니다. 세상에 태어날 때 우리는 이 목소리를 가지고 태어나지 않았다. 우리가 언어를 배우면서 다양한 관점이 생겨났고 다양한 비판과 거짓을 배우기 시작했다. 마음속에서 울려 나오는 소리는 우리가 지식을 쌓으면서부터 들려올 것이다.

— 돈 미켈 루이스(멕시코시티 인디언)

우리는 각자 배움의 터와 성장한 환경이 다르기에 모두의 생각은 서로 차이가 있다. 상대가 나와 다르다는 것은 자연스러운 현상이다. 강한 이빨을 가진 동물은 머리에 뿔이 없듯이, 모든 장점을 다 가지고 태어나는 사람도 없었다. 내게 주어진 환경에서 즐겁게 살면 된다. 하지만 약한 다리를 갖고 태어났다고 해서 달리지 않으려 하는 것은 죄악이다.

노벨문학상 수상자인 임레 케르테스는 저서 《운명》 중에서 이렇게 말했다.

수용소에서 벗어나는 방법은 세 가지가 있다. 상상과 자살 그리고 탈출이다. 스스로 보기에도 가장 가능성이 낮은 상상을 선택하였다. 강제노역의 현장에서 따뜻한 차가 끓고 있는 집을 상상하고 공포의 현실 앞에서 가족들과의 친밀한 대화를 상상한 것이다.

그는 자신이 겪은 나치 강제 수용소 체험을 기록해서 노벨 문학상을 받았다. 가장 무기력하고 약해 보였던 것도 때론 가장 강력한 것이 된다.

똑똑하고 멋진 젊은이들이 직장을 구할 때 자신의 재능을 발휘하지 못하고 무기력증에 빠지게 되는 경우가 있다. 취업을 준비하는 학생들은 모두 자신의 적성이나 흥미에 상관없이 급여가 많은 대기업에 취업하거나 안정적인 공무원 시험에 합격하려고 노력한다. 젊은이들의 꿈은 취업의 벽 앞에 작아졌다.

우리 젊은이들의 꿈이 너무 작은 것인가, 아니면 세상의 물신주의에 굴복한 것인가? 우리는 더 나은 세상을 만드는 시도조차 하지 않게 된 것은 아닌가? 아무도 가지 않는 길을 만들어 나가는 것이 단순히 무리에서의 이탈에 지나지 않는다고 생각하는 것은 아닌가?

아무도 가지 않은 길을 개척하는 사람들의 첫 발걸음을 우리는 어떤 눈길로 바라보고 있는가? 나는 지금 어떤 길을 가고 있는가? 내 마음속 목소리는 내게 어떤 길을 안내하는가?

고전을 가까이 하라

사람은 책을 만들고 책은 사람을 만든다.

— 볼테르(프랑스의 작가)

고전은 인류의 변하지 않는 정신을 깨닫게 하며 소유형 인간을 존재형 인간으로 변화시키는 인류의 귀중한 유산이다. 소유형 인간이란 사물이나 상황을 소유함으로써 행복을 느끼는 인간으로 사물에 종속적인 인간형이고, 존재형 인간은 모든 사물이나 상황을 대할 때 그 존재하는 것을 바라만 보아도 행복감을 느끼는 인간형이다.

젊은 시절 고전 한 권을 읽는 것은 수백 년 살아온 지혜를 배우는 것만큼 귀중하다. 진짜 보석을 가리는 방법을 익히려면 가짜 보석의 유형을 살펴보기보다는 진짜 보석을 자주 보는 것이 좋다.

인문 고전으로 혼란한 사회를 헤쳐 나가는 등불을 삼았으면 한다. 패배자가 신문 기사를 읽을 때 승리자는 고전을 읽는다.

보르헤스, 마르케스와 함께 현대문학의 3대 거장으로 꼽히는 이탈로 칼비노는 《왜 고전을 읽는가》라는 책에서 이렇게 말했다.

> 고전이란 단지 다시 읽을 때마다 처음 읽는 것처럼 무언가를 발견한다는 느낌을 갖게 해주는, 그리고 처음 읽을 때조차 이전에 읽은 것 같은 느낌을 주는 책이다.

세상 흘러가는 대로 다른 사람에게 피해주지 않고 그저 열심히 살면 되지 않겠느냐는 순진한 생각만 하는 사람이든, 꿈도 비전도 없고 그렇다고 특별한 목표도 없는 사람이든, 인생이 녹록치 않다는 것을 알게 될 날은 그리 머지않았을 것이다. 사기, 사업 실패, 때론 모함을 받는 일도 있을 것이다. 그것은 세상을 읽는 기준과 가치관을 가지지 못했다는 깨달음의 계기가 되어 줄지도 모른다.

답은 단 한 가지다. 역사와의 대화를 통해 자신을 발견해야 한다. 상식의 배반과 오류의 만연함에서 벗어나기 위해서는 책에서 답을 찾아야 한다. 우리가 이른바 문사철(文史哲)과 함께 호흡해야 하는 이유는, 문학은 감성을 풍부하게 하고, 역사는 시대의 흐름을 파악하게 하며, 철학은 반드시 추구해야 할 가치를 깨닫게 하기 때문이다. 많이 읽는 것보다 문장을 천천히 되씹어가며 자신에게 비추어 보는 것이 좋을 것이다. 독일의 소설가 장 파울은 책 읽기에 대해 이렇게 말했다.

어리석은 사람은 대충 책장을 넘기지만, 현명한 사람은 공들여서 읽는다. 그들은 단 한 번밖에 읽지 못하는 것을 알기 때문이다.

배우는 즐거움

배우고 때때로 익히면 또한 즐겁지 아니한가?

— 공자, 《논어》

배움의 뜻을 세운다는 것은 깊이 생각하고 분명히 판단하기 위한 것이다. 배우기를 멈춘 것은 살아가기를 멈춘 것이나 다름없다. 탈무드는 이런 가르침을 전한다.

모든 사람에게서 무언가를 배울 수 있는 사람이 세상에서 가장 현명하다.

법구경에서도 이런 말이 있다.

배우는 바가 적은 사람은 들에서 쟁기를 끄는 늙은 소처럼 몸
에 살이 찔지라도 지혜는 늘지 않는다.

세월은 사람을 기다리지 않는다. 경계해야 할 것은 늘 배우면서
도 실천하지 못하는 것이다. 배움에 나이가 없다. 배우는 길에 끝
이 없다. 세상 걱정 접어두고 부끄러워하지 말자. 배우고, 생각하
고, 진실을 실천하자.

# 게으름을 경계하라

게으른 양은 양털도 무겁게 여긴다. 가만히 서 있기만 할 때 가
장 피로가 빨리 온다.

— 중국 속담

중국 속담에는 이런 말도 있다.

아무리 작은 일이라도 정성을 담아 10년간 꾸준히 하면 큰
힘이 된다. 20년을 하면 두려울 만큼 거대한 힘이 되고, 30년을
하면 역사가 된다.

꾸준하게 멈추지 않는 우공이산(愚公移山)의 자세라면 이루지 못
할 것이 없다. 지레 겁먹고 시작조차 못하는 자신의 어리석음을

부끄러워하라. 미국의 정치가이자 과학자인 벤저민 프랭클린은
이렇게 말했다.

　　서 있는 농부가 앉아 있는 신사보다 높다.

　　미국의 정치가 웹스터도 이런 말로 부지런함을 강조했다.

　　내가 성공한 원인은 오직 근면에 있었다. 나는 평생에 단 한
조각의 빵도 절대로 앉아서 먹지 않았다.

　　흔히 하는 말이지만 부지런한 사람치고 못사는 사람 없다. 그럼
에도 우리 주위에는 요행이나 일확천금을 노리는 사람들이 많다.
그들은 이 세상에 공짜가 많은 줄 안다. 그러나 위인들과 성공한
사람들의 전기(傳記)에는 피와 땀이 배어 있음을 알 수 있다.
　　베토벤은 근면함에 대해 이런 명언을 즐겨 사용했다고 한다.

　　근면한 인간에겐 정지 팻말을 세울 수 없다.

　　어떠한 난관에 봉착하든지 근면하게 천부의 재능을 연마해 나
가면 성공을 성취할 수 있는 힘이 솟아나게 된다. 다소 시간은 걸

릴지 모르지만 반드시 명성은 찾아오게 된다. 남보다 뛰어난 존재
가 되려면 노력과 근면은 필수적인 요건이다. 만일 뛰어난 재능을
갖고 있다면 근면은 이들 재능을 더욱 발전시킬 것이다. 평범하기
만 할 경우에도 근면은 이들 재능의 결점을 보충해 줄 것이다. 독
일 소설가 폰타네도 "진지함은 남자를 만들고, 근면은 천재를 만
든다"고 역설했다.

고난이 바로
진정한 인생의 학교다

과학과 예술 분야에서 큰 업적을 남긴 사람들이 모두 대학에 다니거나 박물관이나 미술관 등의 편의를 본 사람은 아니다. 위대한 기술자와 발명가도 모두 기계를 전문적으로 가르치는 교육기관에서 배운 사람들은 아니었다.

발명의 모체는 편의보다 곤궁이다. 가장 많은 인재를 배출한 학교는 고난이다.

— 사무엘 스마일즈, 《자조론》 중에서

바람이 얼마나 세게 부느냐는 문제가 아니다. 우리가 돛을 어떻게 세웠느냐가 문제일 뿐이다. 고난을 좋아하는 사람은 아무도 없다. 예기치 못한 고난을 당할 때 왜 자신에게만 이런 힘든 고난이 닥치는지 세상을 원망하고, 심지어 자살을 하는 사람도 있다.

하지만 고난이 올 때 사람의 의지는 더욱 굳건해지며 이전에는 몰랐던 것들을 깨닫게 된다. 그래서 고난을 축복의 다른 얼굴이라고 한다.

고난이라는 학교의 졸업생은 이론이 아닌 경험을 통해 성장하고 행복의 밑거름을 찾아간다. 고난을 통해 겸손을 배우고 슬픔을 이기고 자신의 부족함을 채운다. 인내도 승부근성도 배우게 된다. 많은 돈을 들여 배우는 최고경영자 수업과정보다 더 실질적이다. 예수님도 부처님도 배불리 먹고 마시며 편하게 공부해서 인류의 스승이 된 것이 아니다. 고난의 대가를 혹독하게 치른 결과다.

고통을 이해하는 것,
어른이 되는 것이다

어른이 된다는 건 상처 받았다는 입장에서 상처 주었다는 입장
으로 가는 것. 상처 준 걸 알아챌 때 우리는 비로소 어른이 된다.

— 노희경, 《지금 사랑하지 않는 자, 모두 유죄》 중에서

짜장면이 세상에서 제일 맛있는 음식이 아니라는 것을 알게 될
때 비로소 어른이 된다는 말이 있다. 하지만 과연 그런가. 세상에
짜장면 말고도 다른 음식들이 많다는 것을 알게 된 이후에도 세상
은 여전히 내가 모를 음식들로 가득 차 있다.

자신의 삶을 지금 당신이 원하는 방향으로만 맞추지 말라. 멀리
가기 위해서는 느리고 힘들어도 배우면서 가야 한다. 세상으로부
터 삶을 배워라. 그리고 삶이 나를 가르칠 수 있도록 내가 세상에
대해 세운 벽을 깨라.

세상에서 가장 향기로운 향수는 발칸 산맥의 장미에서 나온다고 한다. 생산업자들은 발칸 산맥의 장미를 가장 춥고 어두운 시간인 자정에서 새벽 2시 사이에 딴다. 그 이유는 간단하다. 장미는 한밤중에 가장 향기로운 향을 뿜어내기 때문이다.

인생의 향기도 가장 극심한 고통 중에 생산된다. 우리는 절망과 고통의 밤을 보내면서 비로소 삶의 의미와 가치를 발견한다. 베개에 눈물을 적셔 본 사람만이 별빛이 아름답다는 것을 아는 법이다. 고난을 겪는 와중에 그 사람의 진정한 영혼의 향기를 알 수 있다.

페스탈로치에게서
자연주의를 배워라

본능적인 사랑만으로는 자녀를 잘 키울 수 없다. 어머니 자신의
마음이 맑지 않고서는 올바르게 자녀를 인도할 수 없다.

— 요한 하인리히 페스탈로치(스위스의 교육개혁가)

스위스의 교육자인 페스탈로치는 "올바른 사회는 어린이들에게
참다운 교육을 실시함으로써 이루어질 수 있다"고 주장했으며 아
이들을 위해 고아원을 세운 사랑의 교육자였다.

그의 사상은 '삼육론(三育論)'에서 알 수 있다. 그는 교육의 본질
은 머리, 가슴, 손을 고루 사용하여 하나의 완성된 인격체로 키워
내는 것이라고 설파했다. 지·덕·체의 조화적 발전을 기하는 데
있어 삼각형의 밑변이 덕에 속하며, 이 덕이 넓어야 삼각형이 안
정적으로 세워진다. 물론 지, 체와도 조화를 이루어야 한다.

페스탈로치는 자연주의 교육을 실용화했고, 아동중심주의 교육을 정착시켜 체험에 의한 창조적 활동을 강조했다. 또한 자발성과 동기 부여를 통해 개인적인 소질을 지역 사회에 필요한 덕목과 연계했다. 아이들의 학교가 무한 경쟁, 폭력과 무질서로 난무하는 이때, 우리는 페스탈로치로부터 어떤 충고를 받아들여야 할까?

많은 부모들이 자녀 교육에 모든 것을 건다. 아이들은 수능시험 성적으로 미래의 신분이 바뀐다. 소크라테스가 돌아와 대한민국의 교육부 장관을 한다고 해도 기러기 아빠를 양산하고 사교육이 판치는 우리나라 문제를 해결할 수 없을 것이다. 올바른 교육을 바로세울 수 없을 정도로 우리의 교육 현실은 처절하고 답답하다.

부모들이 가장 어려워하는 것은 자녀들에게 인생을 가르치는 것이다. 우리는 흔히 인생을 바다를 건너는 항해에 비유하곤 한다. 한번 들어서면 가지 않을 수 없는 여행 같은 것이라고 말이다. 종종 예기치 않았던 폭풍을 만날 수도 있고, 순풍에 돛을 단 듯 순조롭기도 하다.

부모는 길이 없는 망망대해에서 자녀를 이끈다. 하지만 언제나 조심해야 하는 것은 결국 언젠가는 자녀들이 스스로 외로운 길을 개척해 나가야 한다는 것이다. 무엇이든지 편하게만 해 주기보다는, 혼자서 길을 떠나야 하는 순간이 와도 두려움에 떨지 않고 당당하게 나아갈 수 있도록 코치를 한다면, 수많은 영광이 그 길에서 자녀를 반겨 줄 것이다.

리처드 J. 니덤은 자녀교육에 대해 이렇게 말했다.

자신을 알고, 이 세상을 알며, 이 사회에서 자신의 적재적소가 어디인지를 아는 것, 그리고 자기가 이 사회에 조금이나마 공헌할 수 있는 것이 무엇인가를 아는 한편 사회로부터 자신이 받는 혜택이 얼마나 큰지를 아는 것, 그것이 바로 교육의 힘이다.

오늘 우리 교육,
루소에게 길을 묻다

> 조물주의 손을 떠날 때는 모든 것이 선하지만, 인간의 손으로
> 넘어오게 되면 모든 것이 악해진다.
>
> — 장 자크 루소(프랑스의 사상가)

루소는 근대 교육학의 근간을 세운 18세기 프랑스의 사상가다. 그의 사상을 요약해 보면 인간의 자연적 본성을 따르는 교육이 가장 이상적인 교육이며, 교육을 통해 인간은 존경받는 사회인이 되도록 해야 한다. 당시 사회와 가족 등 외적 환경이나 나쁜 습관, 편견의 영향으로부터 어린이를 보호하며, "자연의 싹"을 틔울 수 있도록 자유롭게 자라나도록 해야 한다는 것이다.

또한 절대 잊지 말아야 할 것이 있다. 자유는 방종과 전혀 다르다는 것이다. 우리는 자유를 사용할 때 남에게 피해를 주지 말아야 한다. 자유를 행사하는 이상 우리는 각자의 행동에 대해 책임을 져야 한다.

철학자 칸트는 "남의 자유를 방해하지 않는 범위에서 자기의 자유를 확장하는 것이 자유의 법칙이다"라고 했으며, 존 듀이는 "진짜 자유는 훈련된 사유 능력 안에 머무른다"라고 말했다.

2012년은 루소 탄생 300주년이 되는 해다. 그가 남긴 빛나는 교육 정신은 오늘을 살아가는 우리들에게 어떤 의미일까? 부모의 욕심으로 인한 사교육 팽배, 공교육의 교권 붕괴, 주입식 교육과 점수지상주의, 청소년 자살률 1위 등등, 이 모든 것들이 존재하는 현재, 루소의 교육 철학은 우리들에게 다시금 경종을 울릴 것이다.

인생은 너무 짧다

인생은 너무 짧고, 특히 모든 것에 용감히 맞설 수 있을 만큼 강한 힘을 유지할 수 있는 건 몇 년 되지 않는다.

— 빈센트 반 고흐(네덜란드의 화가)

인생이 100년이라고 해도 그중 잠자는 시간이 30년이다. 음식을 먹고, 전화 통화를 하고, TV나 영화를 보는 등 여가시간 20년과, 이동하고 기다리는 시간 10년을 제외하면, 우리가 주체적으로 생각하고 활동하는 시간은 고작 40년에 불과하다. 60세에 자기 일에서 은퇴한다고 한다면 주체적인 시간은 20년도 안 될 것이다.

우리에게 주어진 단 한 번의 인생. 이것저것 닥치는 대로 다 해도 될 만큼의 여유는 없다. 결국 목표를 정하고 계획을 세워 제대로 시간 관리를 해야 한다.

예일 대학교에서는 1953년 졸업생들에게 자신의 목표를 자유롭게 글로 적어내라고 한 후, 1975년에 그 졸업한 사람들이 어떻게 되었는지 조사했다. 분명하게 목표를 정한 3%의 사람들이 그렇지 못한 나머지 97%의 사람들이 이룬 업적을 다 합친 것보다 더 큰 업적을 달성했다는 결과가 나왔다.

이처럼 목표는 계획적으로 추구해야 한다. 계획은 목표에 맞춰 행동하는 지침으로 이용할 수 있으며, 행동하기에 앞서 미리 생각하게 만드는 습관을 기를 수 있다. 그림을 그릴 때 화가는 지붕부터 그리지만, 건축가는 기초부터 그려야 하는 것과 같다.

다가올 미래를 상상하고 원하는 것을 얻기 위해, 행동을 유도하기 위해서는 반드시 목표가 존재해야 한다. 이것저것 하기엔 인생이 짧다.

역사와 대화하라

과거를 잊어버리는 자는 그것을 또다시 반복하게 된다.

— 조지 산타야나(미국의 철학자, 시인)

2012년은 미국, 러시아, 중국, 프랑스, 한국 등 많은 나라들이 국가 최고 지도자를 뽑는 중요한 시기다. 지금 이 시대에 필요한 훌륭한 리더를 선택하기 위해서는 역사의 길에서 그 모델과 자질을 찾아보는 것이 좋다. 영국의 정치인이자 사학자인 E. H. 카는 역사에 대해 이렇게 말했다.

(역사는) 역사가와 사실 사이의 부단한 상호작용의 과정이며, 현재와 과거 사이의 끊임없는 대화다.

토인비는 역사를 크게 도전과 응전으로 설명한다. 몇몇 사건과 소수들에 의한 결정이 아닌 역사 속에 숨어 있는 많은 사람들의 참여와 용기 있는 제안이 뒷받침되어 역사가 바로 서 있다고 말한다. 재스민 혁명으로 물러난 리비아의 독재자 카다피도 이것을 모르지는 않았을 것이다. 비록 머리로는 알았겠지만 가슴으로 따르지 않은 것이다.

우리가 역사를 바라보는 것은 과거를 사랑하는 것만도 아니고, 자기를 과거로부터 해방시키는 것도 아니며, 다만 현재를 이해하는 열쇠로서 과거를 정복하고 이해하기 위한 것이어야 한다.

더 적게 생각하고, 더 많이 행동하라

엄마가 가장 행복한 때는 언제일까? 각자의 생활을 마친 가족들이 모두 집에 돌아와 잠자리에 들 때다. 이처럼 행복이란 우리 주변의 사소하지만 소중한 가치에서 온다. 물질이나 명예 등 다른 어떤 것으로도 대체할 수 없는 것이지. 엄마는 네 방에서 해맑게 미소 짓는 너의 유치원 졸업식 사진을 볼 때마다, 네가 이렇게 의젓하게 성장한 것에 절로 감사 기도를 드리게 된단다.

단 한 번도 부모 속을 썩인 기억이 없을 정도로 바르게 자란 아들이자, 미래를 향한 비전과 소명을 가진 한 사람으로서의 인재가 된 네가 스스로의 길을 개척하는 모습을 보니 내 마음이 든든하다. 어찌 보면 청출어람으로 네가 가정의 큰 기둥 역할을 하고 있구나. 취업 전쟁으로 난리도 아닌데 동시에 몇 군데에 붙어 선택해야 하는 행복한 고민을 가져다 준 아들에게 정말 고맙고 자랑스럽구나.

요즘 엄마가 바라는 것 중 하나는 네가 직장에서 능력을 발휘하며 건강하게 새로운 가정을 이루는 것이란다. 할아버지, 할머니께서 엄마에게 물려주신 위대한 자산 가운데 으뜸은 "화목하라"라는 가르침이란다. 네가 돈이나 명예보다 가정을 중시했으면 한다.

다른 가정들을 보면 대부분 아들들은 부모와 말도 잘 하지 않는데, 너는 학업에 바쁘고 분주할 때도 엄마와 많은 이야기를 나누었지. 우리는 함께 여러 나라들을 여행하곤 했는데, 프랑스, 이탈리아, 스위스, 호주, 사이판, 중국, 일본, 태국, 캄보디아, 베트남, 대만, 홍콩, 필리핀, 말레이시아 등 여러 곳을 갈 때마다 너는 여행 계획과 맛집을 찾는 수고를 아끼지 않았다. 이렇게 든든한 아들로 성장해 주니 너무나 고마울 뿐이다.

우리 아들은 188센티미터의 훤칠한 키, 잘생긴 외모, 창의적 사고, 건전한 신앙 등등 대한민국을 대표할 내일의 리더가 될 모든 요건을 갖추었다고 본다.

네 나름의 인생을 살면서 많은 것을 배웠겠지만, 엄마가 네게 전하는 지혜 또한 항상 명심하길 바란다. 그동안 삶에 대한 질문을 하면서 너와 나누고 싶은 것들이다.

첫째, 인생은 몇 년 살았는가보다 어떻게 살았는가가 중요하다.

둘째, 세상살이가 힘들다고 투정하는 사람이 많다. 이것은 자신의 무능과 자신을 돌보지 못한 보복일 수 있다.

셋째, 세상이라는 정글은 내 힘으로만 살아갈 수 없다. 이웃과 가정, 열정과 신념이 내 힘의 원천이 되어줄 것이다.

그리고 한 가지 덧붙이자면, 인생을 살아가면서 네게 올 기회를 놓치지 않길 바란다. 물론 기회가 와도 기회인지 모를 수 있다. 하지만 생각만 하다가 기회를 놓치고 나서 후회하는 것보다는 먼저 행동하는 것이 후회가 없다. 지나고 나면 그것이 기회가 아니었더라도, 네가 행동함으로써 그것을 기회로 만들 수 있었다는 걸 깨닫게 될 것이다.

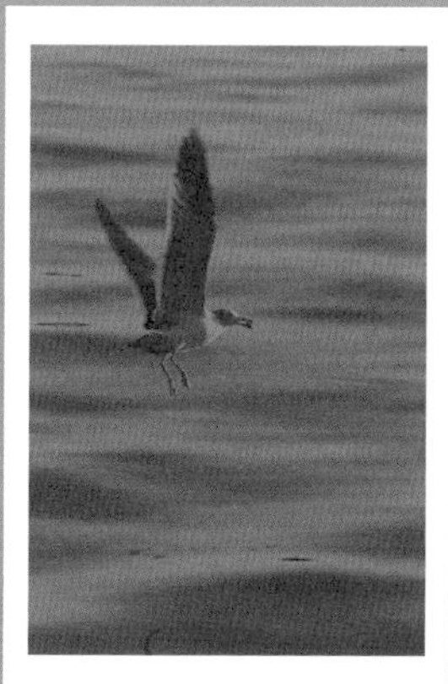

Part

4

신은 최선을 다하는 사람에게
성공의 사다리를 내려 준다

 평소 똑똑하고 지위와 학식이 높은 사람이라도 두려움에 빠질 때가 있다. 생을 초월했다는 성인들이나 시련의 건너편에 있을 환희의 기쁨을 안 사람조차도 두렵기는 마찬가지다. 차이가 있다면 큰 인물은 고난과 역경을 디딤돌로 생각하지만 그렇지 못한 사람들은 걸림돌로 생각한다는 점이다. 왕의 영광을 누리기 위해서는 왕관의 무게를 감수해야 한다. ●

긍정적 습관,
세상을 이끄는 힘

사람들은 인생의 수많은 전투에 대해 이야기한다. 하지만 내가 겪은 가장 힘든 전투는 아무도 알지 못하는 것이다. 그것은 바로 나 자신에 대한 통제권을 차지하기 위한 전투였다. 자기 통제권을 획득하는 것은 치열한 노력을 통해서만 얻을 수 있다. 수없이 반복하여 연습해야 자신을 완벽하게 통제할 수 있다.

이것은 일종의 습관이다. 반복적인 노력과 반복적인 의지의 훈련을 통해 얻는 습관이다.

— 잭 D. 핫지, 《습관의 힘》 중에서

맹자는 일정한 직업을 가지지 않는 사람은 안정된 마음을 가질 수 없다는 교훈을 전하기 위해 이렇게 말했다.

항산(恒産) 없는 사람은 항심(恒心) 없다.

여기서 "항(恒)"은 상시라는 뜻이고, "산(産)"은 생활의 기본이
되는 일정한 직업, 즉 일을 뜻한다. 이 말은 맹자가 주장하는 왕도
정치의 기본을 이루는 것으로, 정치의 근본은 백성들의 생활안정
을 제일로 삼아야 하며 그러기 위해서는 사람들이 정직한 일을 가
지는 것이 중요하다는 뜻이다. 정직한 일자리를 가져야만 노력에
대한 교화가 가능해지기 때문이다.

스코틀랜드의 역사가 토머스 칼라일은 일에 대해서 이렇게 말
했다.

자기 일을 찾아낸 삶은 행복하다. 그에게는 인생의 목적이 있
는 것이다.

톨스토이 또한 이렇게 말했다.

일하지 않아도 살 수 있다고 하여 일하지 않는 것은 죄악이다.

기억하라. 누구도 인생을 살아가면서 성공만을 계속할 수는 없
다. 인생의 성공이란 여러 성공을 더한 것이다. 성공을 부르는 습

관을 매일 실천하는 것이야말로 오랫동안 승리할 수 있는 확실한
방법이다.

좋은 습관이든 나쁜 습관이든 고착되는 힘이 있기에 처음부터
방향 선정이 중요하다. 침팬지와 사람의 유전자 차이는 겨우 2%
에 불과하다. 작은 습관이 동물과 인간을 갈라놓는다.

꿈과 성공을 향한 긍정적 습관을 펼쳐라. 부족한 자신을 용서
하며, 스스로 칭찬하고, 격려하는 것이 세상을 이끄는 힘이 된다.

세상에서 가장 어렵고 쉬운 것,
자신을 이기는 일이다

자신을 아는 일이 가장 어렵고, 다른 사람에게 충고하는 일이
가장 쉽다.

— 디오게네스(그리스의 철학자)

세상일이 물 흐르듯이 술술 풀리고, 선한 사람이 복 받고 나쁜
사람들이 벌 받으며, 내가 노력한 대가만큼 보상을 얻을 수 있다
면 얼마나 좋겠는가? 하지만 그건 상상 속에서나 있는 세상일 뿐
이다. 그런 마음가짐을 지니게 되면 주어진 것에 감사하는 마음이
생기게 된다. 세상 어떤 유혹에도 흔들리지 않으며 중심을 지키는
삶을 살면서도, 때론 알면서도 속아 주며 이길 수 있으면서도 져
주는 것이 멋진 인생이다.

세상에서 가장 현명한 일은 남에게 배우는 것이며, 세상에서 가

장 무서운 것은 전쟁이나 돈이 아니라 자신과의 싸움이다. 그리고 세상에서 가장 어려운 일은 남의 마음을 얻는 일이다.

이런 지혜를 알고 실천하는 사람이 세상을 이기는 사람이다.

이기는 사람은 실수했을 때 "내가 잘못했다"고 말하고, 지는 사람은 "너 때문에 이렇게 되었다"며 남을 탓한다.

이기는 사람은 아랫사람뿐만 아니라 어린아이에게도 사과할 줄 안다. 지는 사람은 지혜 있는 사람에게도 고개를 숙이지 않는다.

이기는 사람은 열심히 일하지만 여유가 있다. 지는 사람은 게으르지만 늘 바쁘다며 허둥댄다.

이기는 사람은 열심히 일하고 열심히 놀고 열심히 쉰다. 지는 사람은 허겁지겁 일하고 빈둥빈둥 놀고 흐지부지 쉰다.

이기는 사람은 져도 두려워하지 않는다. 지는 사람은 어쩌다 이기는 것도 속으로 염려한다.

이기는 사람은 과정을 위해 살고, 지는 사람은 결과를 위해 산다. 가장 값진 가치는 결과가 아닌 과정에 있다.

결혼, 전쟁 같은
운명 앞에 서 있는 것

행복한 결혼은 천국에서 맺어진다.

— 하인리히 뒤몰린,《온전한 사람》

결혼 그 자체는 "좋다" "나쁘다"로 단정 지을 수 없다. 결혼의 성공과 실패가 우리 자신에게 걸려 있기 때문이다. 하지만 준비되지 못한 만남으로 서로에게 많은 상처를 주거나 가슴 아프게 헤어지는 경우도 있다. 결혼은 두 사람의 열렬한 감정만으로 지속되는 것이 아니다. 결혼은 가족과 사회에 대한 약속이기에 헌신과 인격적 성숙이 필요하다. 그럼으로써 가정이 사랑 위에 아름답게 꽃피는 것이다.

그러므로 제대로 된 결혼이 성립되기 위해서는 먼저 훈련하고 준비해야 한다. 니체는 결혼에 대해 이런 말을 했다.

결혼하고 싶다면 이렇게 자문해 보라. '나는 이 사람과 늙어 서도 대화를 즐길 수 있는가?' 결혼 생활의 다른 모든 것은 순 간적이지만, 함께 있는 시간의 대부분은 대화를 하게 된다.

결혼은 졸업이 아니라 시작이다. 단단히 각오하라. 결혼하기 이 전까지의 삶과 이후의 삶은 다르다. 뜨거운 정열로 결합하지만, 정열이란 결혼만큼 오래 가지 않는다. 결혼식의 피날레를 장식하 는 신랑 신부 행진곡은 군악대의 행진곡처럼 활기차다. 이후 함께 승리를 맞이할 것인가, 패배해 쓰러질 것인가의 전쟁 같은 운명 앞에 서 있기 때문이다.

큰 역경은
큰 인물을 만든다

사람은 역경으로 단련된다. 정원사가 나무에 가위질을 하는 것은 나무를 사랑하기 때문이다. 부모에게 야단을 맞지 않고 자란 아이는 윤리적인 사람이 될 수 없다. 겨울의 추위가 심한 해일수록 봄의 나뭇잎은 훨씬 푸르다. 그러므로 사람도 역경에 단련되지 않고서는 큰 인물이 될 수 없다.

— 벤저민 프랭클린(미국의 정치가)

베트남의 승려 틱낫한은 저서 《살아 있는 지금 이 순간이 기적》이라는 책에서 이렇게 말했다.

마음은 수천 개의 채널이 있는 텔레비전과 같다. 그리하여 우리가 선택하는 채널대로 순간순간의 우리가 존재하게 된다. 분

노를 켜면 우리 자신이 분노가 되고, 평화와 기쁨을 켜면 우리
자신이 평화와 기쁨이 된다.

유능한 선장은 바람 탓을 하지 않는다. 살아 있는 자체가 큰 기
적이다. 어떤 상황에서도 그 순간 순간에 집중할 수 있는 사람이
되어야 한다. 평소 똑똑하고 지위와 학식이 높은 사람이라도 두려
움에 빠질 때가 있다. 생을 초월했다는 성인들이나 시련의 건너편
에 있을 환희의 기쁨을 안 사람조차도 두렵기는 마찬가지다. 차이
가 있다면 큰 인물은 고난과 역경을 디딤돌로 생각하지만 그렇지
못한 사람들은 걸림돌로 생각한다는 점이다. 왕의 영광을 누리기
위해서는 왕관의 무게를 감수해야 한다.

목표가
사람을 만든다

밤은 등불 빛으로 나를 유혹하며 추위를 피해 어서 귀가하라고
한다. 머지않아 나무는 헐벗고 정원은 텅 비겠지. 늘 여름일 수는
없으니!

— 헤르만 헤세(독일의 소설가)

누구나 목표를 세우지만, 그 모습은 사람과 기업에 따라 다르
다. 단순히 목표를 세우기만 한 것에 그치는 경우도 있고, 장황할
뿐 의미가 불분명한 경우도 있다. 긍정적인 자세는 좋은 것이지
만, 성장하고자 한다면 자신의 목표를 뚜렷하게 세우고 있어야
한다.

제임스 콜린스는 미국 케네디 대통령의 달 정복 계획처럼 명확
하고 거대한 목표를 갖는 것이 중요하다고 강조한다. 케네디 대통

령은 1961년 이렇게 선언했다.

"우리나라는 금세기가 가기 전에 달에 사람을 착륙시키고 무사히 귀환시키는 목표를 반드시 달성해야 합니다."

그 결과 미국은 낙후된 우주기술을 단기간에 끌어올려 소련을 압도했다.

나의 장점은 무엇인지를 살피고 구체적인 목표를 잡아 실현 가능한 계획을 세워라.

하지만 잊지 말라. 행복은 인생이라는 산의 정상이 아니다. 정상을 향해 산을 올라가는 과정이다. 행복은 인생의 목표이며 궁극적 가치다. 그러므로 항상 흥미를 느낄 수 있는 목표를 설정하는 것이 중요하다.

얼굴은 사람의 통로

그대의 얼굴은 그대 삶의 상징이다. 인간의 얼굴 속에서 삶은
세상을 바라보고 자신을 들여다본다. 얼굴은 언제나 그대가 누구
이며, 삶이 그대에게 무엇을 해 주었는지를 드러낸다.

— 존 오도나휴, 《영혼의 동반자》 중에서

우리는 때로 의지를 잃고 방황하거나 변화에 두려움을 느끼게
된다. 이것은 살아 있다는 증거다. 물질적이고 향락적인 것만 추
구하는 삶은 3류 인생이다. 영혼을 살찌우려 노력하고 남을 나처
럼 생각하는 사람이야말로 진정한 인생의 챔피언이 된다. 이것이
바로 삶을 살아가는 기술이다. 즐겁고 활기차게 살아갈 때 피로와
스트레스도 사라진다.

얼굴은 사람의 통로라고 한다. 첫 인상이 중요하지만 자세히 보

면 얼굴 골짜기에 인생의 희로애락(喜怒哀樂)이 숨겨져 있다. 눈이 맑은 사람은 얼굴만 봐도 그 사람이 겪었던 인생 여정과 삶에 대한 태도를 들여다볼 수 있다. 얼굴은 부모님이 주셨지만 만들어 가는 것은 결국 자기자신이다. 잘생기고 못생긴 차이는 본래 없다.

왜 사람의 얼굴은 둥근가? 바로 둥글둥글 살라는 창조주의 메시지다. 자신의 얼굴을 둥글게 만드느냐 모나게 만드느냐에 따라 인생의 행과 불행이 갈라진다. 부끄럽지 않은 얼굴을 위해 지금 내가 해야 할 일은 무엇인가?

나이테와
스트라디바리우스

나무의 나이테가 우리에게 가르치는 것은 나무는 겨울에도 자란다는 것입니다. 그리고 겨울에 자란 부분일수록 여름에 자란 부분보다 훨씬 단단하다는 사실입니다. 햇빛 한 줌 챙겨 줄 단 한 개의 잎새도 없이 동토(凍土)에 발목 박고 풍설(風雪)에 팔 벌리고 서서도 나무는 팔뚝을, 가슴을, 그리고 내년의 봄을 키우고 있습니다. 부산스럽게 뛰어다니는 사람들에 비해 겨울을 지혜롭게 보내고 있습니다.

— 신영복,《감옥으로부터의 사색》중에서

현재는 과거의 잉태물이자, 미래의 산모(産母)다. 인간의 생애는 나무의 단층과도 같다고 한다. 식물학자들은 나이테를 보면 인간의 인생을 들여다보는 것처럼 나무가 지금까지 살아 온 역사를 알 수 있다고 한다. 나무의 나이테 하나는 1년 수명을 나타낸다. 식물 학자들은 나이테를 보고 어느 해에 가뭄이 들었고, 몇 해 전에 홍 수가 있었고, 어느 해에는 산불이 났다는 것을 알아볼 수 있다.

스트라디바리우스는 현악기 제작자로, 17세기 이탈리아의 거장 이었다. 그가 만든 악기 중 지금 남아 있는 작품은 500대 정도로 하나하나가 경매에서 30억 원 이상을 호가한다고 한다. 그의 작 품들은 많은 현악기 연주자들이 연주하고 싶어 하는 명기 중의 명 기다.

이러한 명품 스트라디바리우스의 매혹적인 소리의 비밀은 다름 아닌 계절의 변화에서 찾을 수 있다. 어느 해 태양 흑점 활동의 변 화로 인해 갑자기 지구의 기후가 추워진 때가 있었다. 그래서 제 대로 성장하지 못한 나무를 바이올린 제작에 사용한 적이 있었는 데, 오히려 이런 나무가 단단하고 밀도가 높아 아름다운 공명과 은은한 소리가 나오는 것이었다.

사람도 살아가면서 겪은 모든 일들이 마음속 깊은 나이테에 간 직되어 있다. 그런 시련을 간직하면서 사람도 명품 인생이 되어가 는 것이다.

인간의 위대함은
타인의 사랑에서 시작된다

한 번도 바보 같은 짓을 하지 않고 살아가는 사람은 자신이 생각하고 있는 것만큼 현명하지 못하다.

— 프랑수아 드 라로슈푸코(프랑스의 작가)

한평생 북녘에 두고 온 아내와 가족에 대한 그리움을 가슴에 묻고 지낸 사람이 있다. 그런 아픔을 가지고 있으면서도 가난한 사람들의 이웃이 되어 그들을 형제처럼 보살피며 희생과 봉사의 삶을 살다간 한국의 슈바이처, 바로 의사 장기려 박사다. 그는 평생에 걸쳐 묵묵히 사랑을 실천한 진실로 아름다운 사람이었다. 그 시절에는 의사가 귀했기에 마음만 먹으면 얼마든지 부를 쌓을 수도 있었지만, 그는 월급 대부분을 남을 위해 썼고, 사람들은 존경의 의미로 그를 "바보 의사"라고 불렀다.

사랑은 상대에 대한 관심에서 시작되어 존중으로 나타난다. 사
랑한다는 것은 상대에게 책임감을 느끼는 것으로 주는 것을 의미
한다.

슈바이처도 주는 사랑의 가치에 대해 말했다.

우리는 삶의 중요한 순간에 타인이 우리에게 베푼 것으로 인
해 정신적으로 건강하게 살아갈 수 있다.

황금이 불로 정제되는 것처럼, 행복도 사랑으로 다듬어져야 비
로소 실현된다. 나를 사랑해 주는 사람을 기다리지만 말고, 먼저
내가 사랑을 전하는 전파자가 되는 것이 가장 빨리 행복해지는 길
일 것이다.

고통이야말로
훌륭한 스승

인생에서 실수란 없다. 오직 교훈만이 있을 뿐이다. 또한 인생에서 부정적인 체험 같은 것은 없다. 있다면 오로지 자기완성을 위해 성장하고, 배우고, 발전할 수 있는 기회만이 있을 뿐이다. 투쟁 속에서 힘이 나오는 법이다. 고통은 때로 우리의 가장 훌륭한 스승이다.

— 로빈 S. 샤르마,《나를 찾아가는 여행》중에서

우리는 실수나 고통에서 우선 벗어나려고만 하지, 그것이 주는 의미나 교훈을 진지하게 생각하지 못한다. 인생에 실수가 없이 자신의 힘으로만 살아갈 수 있을까?

윌리엄 블레이크는 이렇게 말했다.

자기 날개의 힘으로만 날아오른 새는 결코 높이 날지 못한다.

호주의 작가 마리 에센바하도 저서 《잠언집》에서 이렇게 말했다.

고통은 인간의 위대한 스승이다.

기쁨에 잠겨 있는 사람은 현재에 만족하기 쉽다. 하지만 고통에
잠겨 있는 사람은 고통을 떨쳐 버리기 위해 온갖 노력을 하려고 든
다. 그런 사람은 자기 자신을 되돌아보며 환경을 개선하고 잘못을
수정한다. 그 경험은 영혼의 성장에 크게 도움이 된다. 또한 고통이
어떤 것인지 아는 사람은 다른 사람의 고통도 잘 이해할 수 있다.
　러시아의 문예학자인 블라디미르 프리체도 "인생은 학교다. 그
리고 행복보다 불행 쪽이 더 좋은 스승이다"라는 말을 남겼다.

거미형 인간, 개미형 인간,
꿀벌형 인간

행복이라는 것은 포도주 한 잔, 밤 한 알, 허름한 화덕, 바다 소리처럼 참으로 단순하고 소박한 것이라는 생각이 들었다. 필요한 건 그것뿐이었다. 지금 한순간이 행복하다고 느껴지게 하는 데 필요한 것이라고는 단순하고 소박한 마음뿐이었다.

— 니코스 카찬차키스, 《그리스인 조르바》 중에서

반드시 묵언을 해야 하는 트라피스트 수도원에서 딱 한 가지 허용된 말이 있다. 과거 로마의 전쟁 영웅이 개선행진을 할 때 외쳤던 "메멘토 모리(죽음을 기억하라)"라는 말이다. 죽음을 생각하며 지금을 살아가는 우리를 다시 새롭게 생각하게 된다면 인생을 대할 때 결코 당당함을 잃지 않을 것이다.

경험주의 철학자 베이컨은 사람을 곤충에 비유하면서 세 가지

부류로 나누었다.

거미형 인간은 있어서는 안 될 사람으로, 하루 종일 잠자다가 다른 사람의 성과를 빨아먹는다.

개미형 인간은 부지런하고 성실하지만 자기만을 위해 열심히 일할 뿐, 있으나 없으나 큰 문제가 생기지 않는다.

꿀벌형 인간은 꼭 있어야 하는 부류로, 열심히 일한 것을 모두 남에게 주어 세상을 이롭게 하는 존재다.

나는 과연 어떤 부류의 사람인가?

겸손은 신이 인간에게 내린 최고의 덕이다. 살아있는 동안에 내가 헛되이 살지 않게 하기 위해서는 단순하고 소박한 마음으로 욕심을 줄여야 할 것이다.

달팽이는 느리지만
결코 늦지 않다

느리게 기어가는 달팽이처럼 말입니다. 느린 속도로 보이지만 달팽이는 우주가 정한 자신의 시간에 결코 늦는 법이 없습니다.

— 정목 스님, 《달팽이는 느려도 늦지 않다》 중에서

때때로 삶에 대한 의문이 생긴다. 과연 지금의 내 생활은 내가 원하는 것일까? 지금 가고 있는 방향이 맞는 것일까? 밀란 쿤데라의 소설 《느림》에는 이런 내용이 등장한다.

오토바이 위에 몸을 구부리고 있는 사람은 오직 현재, 이 순간에만 집중할 수 있다. 그는 과거나 미래로부터 단절된 한 조각의 시간에 매달린다. 그는 시간의 연속에서 빠져나와 있다. 그는 시간의 바깥에 있다. 속도에만 관심이 있고 자신을 뒤돌아볼 수 있는 자아를 잃은 것이다.

천천히 걸어갈 때만이 우리가 속도에 미쳐 달려 나가면서 놓친 것을 볼 수 있다. 영혼을 적시는 시를 읽으면서 이제부터 행복할 것을 결심하고, 내 삶의 속도를 조절하자. 인생도 다만 한때가 아닌가?

철강왕 앤드루 카네기는 인생에 대해 이렇게 말했다.

기회를 놓치지 마라.

이 말은 인간에게 주어진 영원한 교훈이다. 그러나 인간은 이것을 그리 대단치 않게 여기기 때문에 좋은 기회가 와도 그것이 기회인지 알아보지도 못하고, 기회가 오지 않는다고 불평만 한다. 하지만 기회는 누구에게나 오는 것이다.

끝없이 용서하라

용서란 그리스어로 "놓아 버리다"라는 뜻을 가지고 있습니다. 용서란 상대방에게 면죄부를 주는 것도 아니고, 상대방의 행동을 정당화시키는 것도 아닙니다. 내 자신이 과거를 버리고 앞으로 나아가는 것입니다. 상대방에 대한 분노로 자신을 어찌하지 못하고 과거에만 머물러 있으면서 앞으로 나아가지 못하는 건 자신을 위하는 일이 아니죠.

여러분, 놓아 버리세요. 그리고 용서하세요. 나 자신을 위해.

— 오프라 윈프리(미국의 방송인)

오프라 윈프리 같은 어린 시절을 보냈다면 누구든 세상을 비관하며 살아갈 수도 있을 것이다. 너무나 불행한 인생을 살아야 했지만 그녀는 앞으로 나가기 위해 용서를 택했다.

용서만큼 오롯한 이기심의 발로도 드물다. 하지만 용서를 해야 미래가 있다. 용서는 행복을 위한 인생의 선택사항이 아니다. 나의 인생을 위해 용서해야 한다.

분노라는 독약을 계속 먹고 있다면 희망과 꿈이 이루어질 수 없다. 분노로 주먹 쥔 손은 악수를 할 수 없으며, 가시 돋친 나무에는 새가 앉지 못하는 법이다.

생각의 나무를 심어라

생각을 심으십시오. 행동을 거둘 것입니다.

행동을 심으십시오. 습관을 거둘 것입니다.

습관을 심으십시오. 성격을 거둘 것입니다.

성격을 심으십시오. 신의를 거둘 것입니다.

생각을 키우십시오. 왜냐하면 자기가 하고 있는 생각 이상으로 오르지 못할 것이기 때문입니다

— 사무엘 스마일즈(스코틀랜드의 사회개혁가)

현명한 사람은 생각의 나무를 심는다. 그들은 습관을 중시하며 시간의 낭비를 가장 두려워한다. 생각의 습관이 인생을 바꾸기 때문이다. 집중과 몰입, 성과의 가치 대신 시간의 양으로 일을 하는 사람은 장래가 보장되지 않는다. 값싼 생각은 값싼 가치를 생산할

뿐이다.

　우리의 인생은 우리가 하루 종일 어떤 생각을 하느냐에 따라 달라진다. 무조건 생각만 한다고 다 리더가 되지는 않겠지만, 모든 리더들은 생각하는 사람이다.

When I am down and, oh my soul, so weary;

내 영혼이 힘들고 지칠 때

When troubles come and my heart burdened be;

괴로움이 밀려와 나의 마음을 무겁게 할 때

Then, I am still and wait here in the silence,

나는 여기에서 고요히 당신을 기다립니다.

Until you come and sit awhile with me.

당신이 내 옆에 와 앉을 때까지

You raise me up, so I can stand on mountains;

당신이 나를 일으켜 주시기에 나는 산에 우뚝 서 있을 수 있고

You raise me up, to walk on stormy seas;

당신이 나를 일으켜 주시기에 나는 폭풍의 바다도 건널 수 있습

니다.

<blockquote>

I am strong, when I am on your shoulders;

내가 당신의 어깨에 기대어 있을 때 나는 강해집니다.

You raise me up, to more than I can be.

당신이 나를 일으켜 나보다 더 큰 내가 되게 합니다.

— '시크릿 가든(Secret Garden)'의 노래, 〈You Raise Me Up〉

</blockquote>

많은 가수들이 이 노래를 끊임없이 리메이크해서 부르는 이유
는 그만큼 많은 사람들이 이 노래로 인해 용기를 얻었기 때문일 것
이다. 이 노래를 듣노라면 시련 속에서도 나를 다시 일으켜준 사
람들에게 감사를 전하게 된다.

우리는 카이로스와 크로노스의 시간 속에 살아간다. 시간은 미
리 앞당겨 쓸 수도, 쓰지 않고 남겨서 모아둘 수도 없다. 시간은 흘
러간다. 내게 주어진 시간이 얼마나 남았는지 알 수도 없다. 시간
은 공평하다. 시간을 잘못 썼다고 다시 되돌려 받을 수도 없다. 지
금 내게 주어진 이 시간을 어떻게 사용할 것인지가 중요하다. 나
와 내 주변을 돌아보라. 지금 자신에게 가장 중요한 사람은 누구
인가.

흔들리지 않고 피는
꽃은 없다

역경은 청년에게 있어서 빛나는 가치다.

— 랠프 왈도 에머슨

고난을 이겨내고 성공을 얻어낸 사람에게서는 설명하기 힘들지만 엄격함과 인간미가 동시에 느껴진다. 그러나 만사가 순조로운 환경에서 자란 사람에게서는 그런 분위기를 느낄 수 없다. 학교에서 배운 학문적 지식은 있을지 모르지만 모진 풍파를 겪은 사람이 가지고 있는 깊이가 없다.

영국 속담에도 이런 말이 있다.

역경은 보석 같은 사람을 만든다.

인간은 역경에 처하면 본능적으로 이에 저항해서 살아간다. 이 경험은 다시 인격 형성에 긍정적으로 작용하는 것이다.

한 사람이 정성 들여 기르던 화분이 갑자기 시들해졌다. 아끼는 꽃이라 할 수 없이 아는 화원에 맡겼는데, 그제야 겨우 다시 생기를 품었다.

"제가 키우는 동안 햇볕도 충분했고 물도 잘 주었는데 어떻게 된 걸까요?"

꽃집 주인은 이렇게 대답했다.

"꽃도 온실에서 혼자 가만히 있기보다는, 바람도 비도 맞으며 땅의 온기를 느낄 때 더 건강해집니다. 너무 애지중지 기르면 꽃도 금세 시들어 버리지요."

취업 응시자의 부모들이 면접까지 따라가서 자녀들의 일거수일투족을 간섭하는 경우도 있다고 한다. 면접관들은 당연히 이런 응시자를 떨어뜨린다. 내 자식 귀하지 않는 사람이 어디 있겠느냐만, 과보호는 오히려 자녀를 약하게 만든다. 흔들리지 않고 피는 꽃이 없듯, 때가 되면 조금 멀리 떨어져서 자녀를 응원하자.

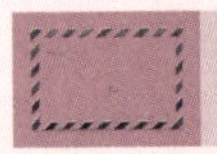

세상에 변하지 않는 것은 없다

웨딩드레스를 입은 눈부시게 아름다운 네 모습에 아빠는 속으로 아쉬웠단다. 이렇게 예쁜 딸을 남의 집에 보내는 것이 안쓰러워 도저히 네 눈을 바라볼 수 없었다. 하지만 지금 생각하면 네가 시집간 것이 얼마나 큰 축복인지 모르겠다. 아빠 눈에 콩깍지가 씌어 있어선지 우리 딸만큼 아름답고 효성이 지극한 사람을 들은 적이 없다. 아빠가 쉰 줄 넘어 박사학위 준비를 할 때 뒤에서 자료 정리, 복사, 제본 등 많은 일들을 군소리 없이 도와준 게 너무 고맙다.

또한 너의 중요한 일을 결정할 때마다 아빠가 도와줄 수 있게 해줘서 더욱 고맙다. 지혜는 우리 가족 누구보다도 신실해서 3년 넘게 교회 방송실에서 봉사하고 새벽기도도 다녔지. 그런 모습을 보면 천사가 아빠에게 준 선물이 확실하다는 생각이 든다. 늘 긍정적인 사고로 희망과 꿈을 바라보며 남편 승균이와 모든 일에 머리를 맞대고 협력하며, 시아버지 시어머니를 공경하고 많은 대화를 나누길 바란다.

낯선 생활을 시작해야 하는 게 큰 부담이 될 수도 있겠지. 하지만 세상에 변하지 않는 것은 없단다. 엄마로서, 주부로서, 직장인으로서, 부인으로서 끊임없이 변신하고 그것을 네가 즐겼으면 한다.

우리 삶을 지탱해 주는 것은 물질이나 겉모습이 아니라 사람들의 보이지 않는 마음이다. 우리와 함께 살고 있는 많은 소외된 이들에게 따뜻한 위로의 한마디를 전하는 용기를 갖길 바란다. 따뜻함을 전하는 작은 외침은 반드시 큰 울림으로 돌아오게 될 것이다.

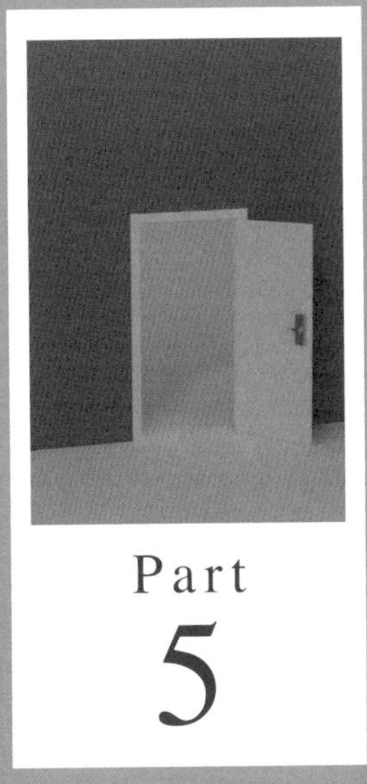

Part

5

삶은 나의 태도에 따라
달라진다

 시간을 현명하게 다스리는 사람은 시간계획을 통해 무엇이 중요한지, 무엇이 중요하지 않은지 인식하고, 주체적으로 선택할 수 있게 된다. 그리고 이런 과정을 통해 자신이 하고 싶고 또 해야 하는 일을 할 수 있는 시간을 만들어 낼 수 있다. ●

오늘 걷지 않으면
내일은 뛰어야 한다

쉴 새 없이 보다 나은 사람이 되기 위해 노력하자. 여기에 인생
의 참된 의미가 있다. 어떻게 계속해서 앞으로만 나아갈 것인가.
그것은 오직 노력에 의해서 가능하다. 노력 없이는 결코 나은 사람
이 될 수 없다. 신의 왕국은 노력에 의하여 파악된다. 이것은 결국
악으로부터 벗어나 선인이 되기 위하여 노력이 필요하다는 것을
의미한다.

— 레프 니콜라예비치 톨스토이(러시아의 작가)

현재는 과거의 잉태물이자 미래의 산모다. 승리는 계속되는 노
력과 헌신의 결과다. 승리는 고난의 한가운데서도 포기하지 않고
도전하는 사람의 몫이다. 진정한 승리의 길은 무엇인가?
신의 책상 위에는 이런 글귀가 쓰여 있다고 한다.

　네가 만일 불행하다고 말한다면 불행이 정말 어떤 것인지 보여 주겠다. 또한 네가 만일 행복하다고 말한다면 행복이 정말 어떤 것인지 보여 주겠다.

　세상의 최고가 되기보다는 유일한 것이 되는 것이 타당하다. 또한 막연한 성공의 대가를 위해 오늘의 행복을 저당 잡히거나 함부로 허비해서도 안 된다. 제발 불평은 그만하자. 불만이 속에 가득 차 있는 한 행복이 들어갈 자리는 없기 때문이다.

할 수 있기에
눈부시게 아름답다

할 수 있다고 믿기 때문에 할 수 있는 것이다.

— 베르길리우스(로마의 시인)

제1차 세계대전 전후에 걸쳐 영국의 재무차관, 상업장관, 재무
장관을 역임한 정치가 볼드윈은 이렇게 말했다.

뜻을 세우는 데 너무 늦은 나이는 없다.

그가 아버지 회사의 중역으로 근무하던 중 아버지가 사망했다.
그후 아버지의 뒤를 이어 국회의원에 입후보했는데, 그때 나이가
40세였다. 친구들이 40세면 너무 늦다고 만류하자 그는 이 말을
했다. 그리고 멋지게 당선됐다. 이후에도 세 번이나 수상의 자리

에 앉았다.

뜻을 세우는 데 중요한 것은 나이가 아니다. 젊은 마음과 성취하려고 하는 강한 의지인 것이다. 김시습도 《매월당집》에 이런 글을 남겼다.

뜻이 가는 곳에 딱딱해서 들어가지 못할 것이 없고, 아무리 높아도 바라보아 미치지 못할 것이 없다.

미국 버클리 대학에서 재미있는 실험이 있었다. 환경과 아메바의 생존력에 대한 실험으로, 최적의 환경에서 서식하는 아메바의 생명력이 적당한 장애와 고난 속에 방치한 아메바보다 훨씬 떨어지는 것으로 확인되었다. 보잘것없는 아메바의 세계조차 도전과 응전의 법칙이 존재한다면, 인간세계는 말할 것도 없다.

할 수 있다는 의지와 도전은 인생의 활력소가 된다. 인간은 능력이 있기 때문에 할 수 있는 것이 아니라 할 수 있다고 믿기 때문에 할 수 있다. 누구도 우리 꿈의 크기를 제한할 수 없다.

시간은 우리를
기다려 주지 않는다

시작하기 전에 15분 동안 앞으로 무엇을 할 것인지 생각하면,
나중에 4시간을 절약할 수 있다. 미리 하루의 일을 생각해서, 우선
순위를 정하고 하루의 업무를 조직화한 사람은 생각 없이 하루를
보내는 사람들보다 성공할 가능성이 훨씬 높다.

— 제임스 보트킨(미국의 작가)

옥스퍼드 대학 시계 문자판에는 이런 글이 조각되어 있다.

사라지는 시간은 우리의 책임이다.

시간이 언제나 나를 기다리고 있다고 생각하면 오산이다. 시간
은 선물에 불과하며 나에게 당연히 주어질 것이라는 기대는 안일

한 생각이다. 지금 최선을 다하지 않으면 보람이 없다. 따라서 단 하루라도 제대로 알고 사용할 줄 아는 사람만이 승리할 수 있다.

호라티우스는 이렇게 말했다.

매일매일이 마지막 날이라고 생각하라. 그러면 기대하지 않은 시간만큼 버는 것이다.

장작을 패는 데 4시간이 주어졌다면 보통 나무꾼들은 잠시도 쉬지 않고 도끼를 휘둘러 댈 뿐이겠지만, 유능한 나무꾼들은 장작을 패기 전에 15분 동안은 도끼날을 날카롭게 세우는 데 쓸 것이다.

계획을 꼼꼼하게 세운 후에는 즉시 실행에 옮겨 승리자가 되어야 한다. 성공하는 사람들은 늘 먼저 큰 그림을 그리는 시간경영 전문가다.

운명은 누구에게
지배받지 않는다

누구에게도 남을 과소평가하는 말이나 행동을 할 권리가 없다.
중요한 것은 내 생각이 아닌 그의 생각이다. 사람의 존엄성에 상처
를 주는 일이야말로 심각한 죄악이다.

— 앙투안 드 생텍쥐페리(프랑스의 작가)

위대한 사람들은 하루하루의 작은 일들조차 소홀히 하지 않고
생각과 행동을 일치시킨다. 신이 할 일과 인간이 할 일은 구분되
어 있다. 세계적인 부자이자 자선가인 워런 버핏은 자신이 만일
미국이 아닌 가난한 나라에서 태어났다면 야채장수를 했을 것이
라고 말했다. 그가 벌어들인 부는 자유와 경쟁이 보장된 미국에
태어나서 가능했다는 생각으로, 자기 소득의 1.2%만 자신을 위해
소비하고 나머지는 사회에 기부한다고 한다.

어느 시대, 어느 나라에 태어나고 싶다는 생각은 그렇게 되는 일도 아닐 뿐더러 현재를 비관하게 하는 망상에 불과하다. 환경에 지배받기보다는 자신의 의지로 꾸준히 노력하는 것이 위대한 삶의 기술일 것이다. 토머스 에디슨은 삶의 기술을 이렇게 표현했다.

시작과 창조의 모든 행동에 한 가지 기본적인 진리가 있다. 그것은 우리가 진정으로 하겠다는 결단을 내리는 순간 그때부터 하늘도 움직이기 시작한다는 것이다.

신조차도 인간이 죽기 전까지는 심판하지 않는데, 우리는 왜 스스로의 인생을 섣불리 심판하는가?

사라지는 시간은
우리의 책임이다

난 시간이 모래처럼 손에서 빠져나가 되돌아오지 않는다는 것을 배웠지. 시간을 현명하게 쓰는 사람은 풍성하고 생산적이고 만족스러운 삶을 보상받네.

"시간을 다스리는 것은 삶을 다스리는 것"이라는 원칙을 배우지 못하면, 자신의 엄청난 잠재력을 깨닫지 못하지. 시간은 멋진 잣대야. 특권을 가졌든 아니든, 텍사스에 살든 도쿄에 살든 우리는 모두 하루 24시간을 사네. 이 시간을 이용하는 방식에 따라 "행복한 삶을 일구는 사람들"과 "그냥 하루하루 사는 사람들"로 나뉘게 되지.

— 로빈 샤르마, 《나를 발견한 하룻밤 인생수업》 중에서

시간을 다스리는 삶. 누구에게나 공평하게 주어진 하루 24시간

의 시간을 제대로 다스리는 사람만이 행복한 삶을 살아갈 수 있다. 시간을 현명하게 다스리기 위해서는 우선 시간의 소중함을 명확히 인식해야 한다. 히말라야의 깊은 산중에 사는 수도자들은 어릴 때부터 모래시계를 지니고 살아간다고 한다. 그들은 시간에 대해 이런 가르침을 전해 준다.

우리는 무소유의 청빈하고 소박한 삶을 살지만, 시간을 존중하며 시간이 흐르는 것을 인식합니다. 이 작은 모래시계는 우리가 언젠가는 죽는 존재임을 매일 일깨워 주지요. 우리에게 목적을 향해 나아가되, 온전하고 생산적인 나날을 살아가라고 말해 줍니다.

우리가 모래시계를 바라보며 모래처럼 손에서 빠져나가 되돌아오지 않는 시간의 소중함을 인식한다면, 하루하루, 한 시간 한 시간을 바라보는 시각이 바뀔 것이다.

시간의 소중함을 인식했다면 이제 시간을 계획해야 한다. 하루, 일주일, 한 달의 계획을 미리 세워라. 한 시간 일찍 출근해 그날의 계획을 짜고, 일요일 저녁에 한 시간을 내서 다음 주의 계획을 정리하라. 이렇게 계획에 시간을 투자하는 것이 반드시 필요하다.

시간을 현명하게 다스리는 사람은 시간계획을 통해 무엇이 중요한지, 무엇이 중요하지 않은지 인식하고, 주체적으로 선택할 수 있게 된다. 그리고 이런 과정을 통해 자신이 하고 싶고 또 해야 하는 일을 할 수 있는 시간을 만들어 낼 수 있다.

항상 정신없이 바쁜 모습이 아니라 여유 있는 모습 속에서 시간을 생산적으로, 의미 있게 사용할 수 있게 된다. 행복한 삶으로 가는 길은 바로 여기에 있다.

결점을 넘는
상상의 거울을 비춰라

● 인간이 극복해야 할 여섯 가지 결점

1. 자기의 이익을 위해서라면 남을 희생시켜도 된다는 생각

2. 바꿀 수 없다고 단정 짓고 걱정만 하는 것

3. 어떤 일에 대해 도저히 성취할 수 없다고 생각하고 움직이지
   않는 것

4. 사소한 애착이나 기호를 끊지 못하는 것

5. 수양이나 자기계발을 게을리하고 독서하는 습관을 갖지 않
   는 것

6. 자기의 사고방식을 남들에게 강요하는 것

— 마르쿠스 툴리우스 키케로(로마의 철학자)

자신을 걸작으로 만드는 것은 말처럼 쉽지 않다. 완벽함에 대한

집착이다. 남에게 잘 보이려는 허영에서 벗어나 자신만의 세상을 만들고, 겉모습의 아름다움은 물론 보이지 않는 내면의 아름다움까지 모두를 놓치지 않아야 하기 때문이다.

성공학의 대가 나폴레온 힐은 상상의 중요성에 대하여 이렇게 말했다.

세상에서 유일하게 내가 전적으로 통제 가능한 소유물이 바로 상상이다. 다른 것들은 가진 것을 앗아가고 온갖 수단을 다 동원하여 속임수를 쓰기도 하지만 내게서 절대 앗아갈 수 없는 것이 바로 상상이다.

혼자 웃는 거울은 없다. 상상을 거울에 비춰라. 결점을 극복하고 사소한 이기주의를 버리겠다는 의지만이 살아 있는 증거가 된다.

위대한 성공 뒤에는
독서의 힘이 있다

나는 어려서부터 책 읽는 것을 좋아했고, 적은 돈이라도 내 손에 들어오기만 하면 책을 샀다. 열두 살이라는 어린 나이에 형의 인쇄소에 취업을 하게 되었다. 이제 나는 더 좋은 책들을 접하게 되었다. 책방의 견습 점원들과 친해지면서 가끔씩 작은 책들을 빌려 볼 수 있게 된 것이다. 물론 깨끗이 읽고 빨리 돌려주어야 했다. 책을 잊어버리거나 낮에 손님이 책을 찾을 때 없으면 안 되기 때문에 저녁에 빌려와서 아침 일찍 갖다 주었다. 그러니 거의 밤을 새우다시피 하면서 읽을 수밖에 없었다.

— 벤저민 프랭클린, 《프랭클린 자서전》 중에서

책 속에 성공의 길이 있다. 책을 읽는다고 모두 성공하지는 않지만 성공한 사람은 모두 책을 읽는 사람이다. 위대한 일에는 항상 독서가 있었다. 독서는 선택 사항이 아닌 필수 사항이다. 시간이 되면 여유를 갖고, 시간이 없을 때에도 집중해서 읽어야 할 것이다.

워런 버핏은 열여섯 살에 이미 사업 관련 서적을 수백 권 독파한 지독한 독서광이다. 그는 자신의 하루 일과를 이렇게 설명한다.

나는 아침에 일어나 사무실에 나가면 자리에 앉아 읽기 시작한다. 읽은 다음에는 여덟 시간 통화를 하고, 읽을거리를 가지고 집으로 돌아와 저녁에는 전화로 통화한다.

일본 기업 교세라 사의 명예회장 이나모리 가즈오는 저서 《왜 일하는가》에서 이렇게 말했다.

'도대체 무엇을 위해 일하는가?'

궁금하다면 이것만은 명심해 주기 바란다. 지금 당신이 일하는 것은 스스로를 단련하고, 마음을 갈고 닦으며, 삶의 가치를 발견하기 위한 가장 중요한 행위라는 것을.

왜 책을 읽는가? 바로 책이 보이지 않는 가치를 보여 주기 때문이다.

지금 현재를
헛되이 보내지 말라

푸르른 새날이 밝아오누나. 생각하여라, 그대여. 이날을 헛되이 보낼 것인가. 이 새날은 영원에 나서 밤이면 다시 영원으로 돌아가리니 아무도 일찍이 보지 못한 이 날을 보리라. 그대여, 만인의 눈에서 쉬이 감추어진 이 날을 푸르른 새날이 밝아오누나. 생각하여라, 그대여. 이 날을 헛되이 보낼 것인가.

— 토머스 칼라일

이미 흘러간 물로는 물레방아를 돌릴 수 없다. 슬픈 일, 기쁜 일 모두는 과거로 묻어버리고 오늘은 오늘로 생활해야 한다. 이미 지나버린 과거로 새날을 막아서는 안 된다.

현명한 자는
긴 귀와 짧은 혀를 가지고 있다

하루에도 백 번씩 나는 나의 삶이, 살아있는 혹은 죽은 사람의 노고에 의존하고 있다는 것을 되새긴다. 그리고 받은 것만큼 되돌려 주려면 얼마나 많이 노력해야만 하는가를 스스로 일깨운다.

— 알버트 아인슈타인(미국의 과학자)

성과를 자신의 몫으로 돌리면 이류이고, 다른 사람에게 주면 일류다. 늘 주는 것이 받는 것보다 행복하다. 지금의 입지는 과거 선배들의 노력의 결과다. 이것을 바탕으로, 미래의 나의 후배들에게 기초와 기둥이 되어야 한다.

고대 그리스의 정치가 데모스테네스는 이렇게 말했다.

말하는 것보다 두 배는 남에게서 들어야 한다.

자연은 인간에게 한 개의 혀와 두 개의 귀를 주었다. 혀의 사용보다 두 배 많이 귀를 사용해야 한다.

대화는 서로 말을 교환해서 이루어진다. 상대방의 말에 귀 기울이지 않고 일방적으로 떠들어대면 그것은 설교나 강의가 되고 만다. 영국의 정치가 와이드빌은 "현자의 입은 마음속에 있고 어리석은 자의 마음은 입안에 있다"고 했다. 또한 영국 속담에는 "현명한 자는 긴 귀와 짧은 혀를 가지고 있다"고 했다.

당신이 일류인지 이류인지 알아보는 아주 간단한 방법이 있다.

당신은 항상 약속시간 15분 전에 약속장소에 도착하는가? 버스나 전철을 탈 때 내리는 사람을 배려하는가? 청소나 복사 같은 작은 일에도 최선을 다하는가?

"그렇다"고 하면 일류지만, "이까짓 것" 하며 하찮게 여긴다면 아직 멀은 것이다.

네 안의 보물을 찾아라

유대인들은 하루하루를 즐겁게 살아야 한다고 배운다. 사람은 누구나 날마다 새로운 일을 만나고, 그럼으로써 새로운 일에 도전해 성취할 가능성이 있다. 우리의 하루는 변화무쌍하게 펼쳐진다. 그래서 지나친 비관이나 후회도, 낙관도 금물이다. 그러나 날마다 스스로를 비관하고 후회하는 사람은 이와 반대다.

— 김하, 《탈무드 잠언집》 중에서

우리 주변에는 자신을 과대평가 하는 병에 걸린 사람들이 많다. 자신감을 갖는 것은 좋으나, 다섯의 능력밖에 없으면서 열의 능력이 있다고 맹신하는 것은 자기 자신을 모르는 것이다.

그러나 자신의 능력이나 가치를 실제보다 과소평가하는 것도 잘못이다. 그것은 겸손이 아니라 비굴이요, 자멸이다. 자만이 병인 것처럼 자멸도 병이다. 이는 자기 자신을 모르는 것으로, 자신이 충분히 할 수 있는 일조차 할 수 없게 만든다.

지나치게 자존심만 내세우면, 허영이나 허세가 되기도 하고 남을 얕잡아 보기도 한다. 때로는 자존심에 상처를 받아 질투나 시기로 남을 모함하거나 헐뜯기도 한다. 하지만 사람은 자존심이 있기 때문에 스스로 품위를 해치는 행동을 삼가고 다른 사람을 관대하게 대하거나 자선을 베풀 수 있다.

영국의 수필가 존 콜린스는 자존심에 대해 이런 교훈을 남겼다.

자존심은 미덕은 아니나 많은 미덕의 부모다.

자존심은 남에게 내세우는 것이 아니라 마음속으로 품는 것이다. 세계 최대의 호텔과 요식업체들을 소유하고 있는 포티 경은 아들 로코에게 이렇게 말했다고 한다.

내가 지금 하는 말은 5000년 전에도 옳았고 앞으로 5000년 후까지도 역시 옳을 것이다. 사람은 모름지기 청결과 정직, 품위 있는 언행, 다른 사람들에 대한 존경심, 공손한 마음가짐, 예의바른 태도 그리고 성실성을 갖추어야 한다. 이와 같은 것들은 아무리 시대가 변해도 옛 말이 될 수가 없다.

지나친 비관이나 성급함은 우리들의 모든 기쁨을 망쳐 놓을 뿐 아니라 행복이 무엇인지를 깨닫지 못하게 한다.

자신의 꿈을
비 맞게 하지 말라

훈련이 계속되고 몸이 피곤해지면 '하루쯤 쉬면 안 될까' 하는
생각이 들곤 한다. 하지만 하루를 쉬면 그만큼 다음날 해야 하는
훈련 양이 많아진다. 미리 준비하지 않으면 기회는 다가오지 않는
법이다. 그것이 내가 하루도 쉴 수 없는 이유다.

— 박지성,《멈추지 않는 도전》중에서

이상은 우리 자신의 내부에 있다.

토머스 칼라일의 말이다. 그는 이어서 "목표달성에 대한 온갖
장애 역시 우리 자신의 내부에 있다"고 강조했다. 목표달성에 따
르는 장애란 무엇인가. 눈앞의 욕망을 충족시키려는 생각, 탐욕의
유혹이다. 이러한 장애와 싸워서 이기는 사람만이 자신의 내부에

있는 이상을 표현할 수 있다.

독일 출신의 미국 정치가이자 언론인 카를 슈르츠는 이상에 대해서 이렇게 말했다.

이상은 별과 같아서 당신 손으로 그것을 만지는 데는 성공하지 못할 것이다. 그러나 당신은 사막 위의 바다를 항해하는 선원처럼 이상을 안내자로 삼고 그것을 따른다면 당신은 위대한 운명에 이르게 될 것이다.

성공하는 사람들은 보통 사람과 바라보는 눈이 다르다. 탁월한 직관과 혜안이 있다. 실패하는 사람들은 겉모습만 보지만, 성공하는 사람들은 남이 보지 못한 것들을 본다. 나중에 보는 것이 아니라 시작할 때부터 본다. 문제만 보는 것이 아니라 기회를 보며, 현실만 보는 것이 아니라 그 너머에 있는 미래를 본다.

10년 후 미래를 생각하고 준비하고 있는가? 꿈을 비 맞게 하지 말라.

최선을 다해
집중하라

● 집중력을 강화시키는 방법

1. 추상적인 목표보다 구체적인 목표를 정한다.

2. 목표 달성을 위한 마감 시간을 구체적으로 표기한다.

3. 상황에 관계없이 늘 긍정적인 자세를 유지한다.

4. "잘할 수 있다"는 자기 암시의 힘을 활용한다.

5. 생각과 동시에 입버릇처럼 반복함으로써 자신을 만들어 간다.

6. 지나치게 긴장하지 않도록 주의하며 자주 웃는다.

7. 편안한 상태에서 아이디어와 힌트가 잘 떠오른다.

8. 기회가 올 때마다 이번이 마지막 기회라고 스스로 다짐한다.

9. "이번에 모든 것을 건다"는 생각으로 임하면 놀라운 에너지
   를 발휘할 수 있다.

10. 뚜렷한 테마나 문제의식을 갖고 생활한다.

11. 집중력은 오래 지속되지 않기 때문에 중간중간 적당한 휴식
    을 취한다.

12. 하루 종일 일하는 것보다는 며칠로 나누어 일하는 편이 효
    과적이다.

13. "이 부분만 한다" 혹은 "이 시간까지만 한다"는 식으로 범위
    와 시간을 정한다.

14. 조금 빠른 속도로 걷는다.

15. 러닝머신보다는 밖에서 걷는다. 사람이나 풍경 등이 풍부한
    자극을 준다.

16. 피곤하면 잠시라도 휴식을 취한다.

17. 지나친 공복은 금물이다. 뇌는 하루 120그램의 포도당을 필
    요로 한다.

18. 콜레스테롤은 집중력에 중요한 요소다.

19. 일을 본격적으로 시작하기 전에 지속적으로 자신에게 시작
    함을 알린다.

20. 하체가 튼튼해야 집중력이 생겨난다.

— 나카지마 다카시, 《3초간 집중력 단련법》 중에서

짧은 시간 동안 일을 하더라도 원할 때마다 집중적으로 일을 처
리할 때 다른 사람보다 앞설 수 있다. 루이제 린저는 저서 《생의

한가운데》를 통해 이렇게 말했다.

인생은 끝없는 초원이 아니라 그 속에서 최선을 다해야 하는 사방이 벽으로 된 공간이다.

투키디데스는 "역사를 만드는 가장 중요한 인간의 심리 요소는 절실함, 두려움, 동정심과 분노다"라고 말했다. 하지만 리더라는 직함으로 포장된 정치가, 자본가들은 자신의 이익에만 치중하며 변화의 흐름을 무시한다. 역사는 짧은 성공을 헤프닝으로만 적을 뿐이다. 칭기즈칸의 가르침을 기억해야 할 것이다.

성을 쌓고 사는 민족은 반드시 망한다. 끊임없이 이동하면서 변화하는 환경에 잘 적응하는 민족만이 살아남는다.

하기 싫은 일부터
먼저 하라

실행력과 생산력을 높이기 위해서는, 매일 아침마다 당신이 가장 중요하다고 생각하는 일에 제일 먼저 달려드는 습관을 평생토록 익히는 것이 중요하다.

— 브라이언 트레이시, 《개구리를 먹어라!》 중에서

좋은 인생에는 좋은 습관이 있기 마련이다. 별로 하고 싶지 않은 일일지라도 어쩔 수 없이 자신이 해야 할 일이라면 마음이 편안해지도록 빨리 시작하라. 시작이 반이다. 빨리 시작할수록 빨리 성취할 수 있다.

해결되지 않는 문제는 존재하지 않는다. 일을 하다 보면 의외로 간단하게 끝나는 경우도 있다. 미리 겁을 먹고 시작하지도 않으면 되는 일은 아무것도 없다.

행복은 인내와 노력에서 나온다

군대에서 땀 뻘뻘 흘리고 있을 아들을 생각만 해도 이 아빠는 가슴이 저려온다.

너는 학창 시절에 반장, 회장을 지낼 뿐만 아니라 전교 상위 석차로 모든 사람들의 기대를 독차지했지. 한번은 태권도장에 보냈더니 네가 이렇게 말했단다.

"벌써 다른 친구들은 노란 띠가 되었는데 나만 하얀 띠예요. 다른 도장에서 배워서 빨간 띠로 친구들 앞에 나오고 싶어요. 다른 동네 도장에 보내 주세요."

또 이런 일도 있었지. 친구에 비해 늦게 자전거와 인라인 스케이트를 사 주었다. 그런데 너는 낮에 타고 다니는 것이 아니라 남이 보지 않은 밤중에 연습하는 것이었다. 남에게 절대 약한 모습을 보여 주고 싶지 않은 것이겠지. 그때나 지금이나 네가 노력하는 모습이 자랑스럽다. 한편으로는 아빠가 너에게 실패에 대한 강박감을 주지 않았는지 반성도 하게 된다.

사회생활을 하다 보면 나를 만나러 오는 사람이 많다. 오랫동안 사업을 하신 선배들은 내게 이런 충고를 하셨지. 열 명이 찾아오면 그중 다섯은 내 시간을 빼앗는 사람이고, 네 명은 불쌍한 사람들이지만, 나머지 한 명은 정말 나에게 꼭 필요한 사람이라는 말이었다. 물론 직접적으로 말하지는 않지만 속으로 이 사람은 내게 어떤 사람인지 생각해 보곤 한다. 너도 다른 사람에게 네 스스로가 어떤 사람인지 생각해 보고, 꼭 필요한 사람이 되기를 바란다.

아빠는 네가 세상에 꼭 필요한 1류 리더가 되었으면 한다. 3류 리더란 자신의 능력과 지식만을 믿는 사람, 2류 리더란 다른 이의 지식을 이용하는 사람, 1류 리더는 다른 사람들의 지혜를 활용하는 사람이다. 1류 리더는 안정보다는 끊임없이 변화를 즐기는 사람일 것이다.

아들아, 사람은 누구나에게 각자 감당해야 할 고통이 있으며 그 분량도 일정하다고 본다. 지금 어렵고 힘든 시기이지만 너희 꿈을 다시 찾았으면 한다. 이 순간을 인생의 지혜 충전 시간으로 활용해라. 나는 내가 매일 꿈과 비전으로 가슴 뛰었으면 한다.

헬런 켈러는 이렇게 말했지.

"사람들은 맹인으로 태어난 것보다 더 불행한 것이 뭐냐고 나에게 물어본다. 그럴 때마다 나는 '시력은 있으나 비전이 없는 것'이라고 대답한다."

에디슨, 아인슈타인 등 인류의 삶을 바꾼 모든 사람들은 실패를 두려워하지 않고 자신감으로 살아온 사람들이다. 꿈에는 커트라인이 없다. 너처럼 열정과 신념으로 무장한 사람에게 주어진 특권이다.

아들아, 행복은 인내력과 노력에서 나온다. 지금까지 네가 해 온 것처럼 너의 사전에 대충이란 단어를 없애고 맡은 일에 열정과 최선을 전부 쏟아부어 세상의 주인공이 되었으면 한다.

너는 할 수 있다. 지금도 주위에 많은 친구들에게 기쁨을 주고 있지 않니. 너를 믿는다. 우리 아들 파이팅!

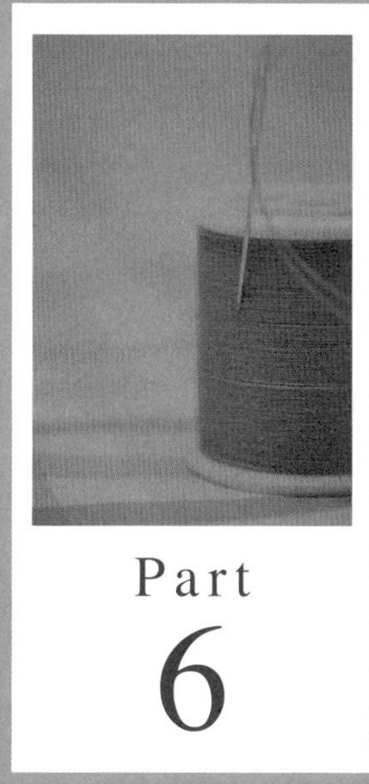

Part
6

험난한 세상,
남과 조화롭게 살아라

 진정한 리더의 힘은 조직을 이끄는 능력에 달려 있다. 영감과 힘을 불어넣어 주고, 단순히 가르치는 것보다는 올바른 방향을 가리키며, 강제로 끌고 가기보다는 자발적으로 하는 것이다. 인생의 멘토는 길을 데리고 가는 사람이 아니라 목표를 가리키는 사람이다. ●

어떻게 변화에
대처할 것인가

부와 돈은 동의어가 아니다. 돈은 여러 가지 부의 증거 혹은 상징적인 표현 중 하나에 불과하다. 때때로 부는 돈으로 살 수 없는 것을 살 수 있다. 따라서 누구든 부의 미래를 포괄적으로 이해하려면 그 근원인 욕망을 이해하는 것부터 시작해야 한다. 단순하게 욕망을 자극하거나 탐욕을 찬양하다고 해서 모든 사람이 꼭 부자가 되는 것은 아니다. 욕망을 선동하고 부를 추구하는 문화가 필연적으로 부를 창출하는 것도 아니다. 하지만 가난의 미덕을 강조하는 문화에서는 그들이 추구하는 가치대로 머물 수밖에 없다.

— 앨빈 토플러, 《부의 미래》 중에서

세계적으로 권위 있는 미래학자 앨빈 토플러는 부를 "갈망을 만족시키는 것"이라고 정의하고, 산업 발전 과정이 제3의 물결에서

제4의 물결로 넘어가는 과정에서 부의 창출 시스템 자체가 변화하고 있다고 말한다. 그 시스템을 이해하기 위해서는 세 가지 심층 기반, 즉 시간, 장소, 정보에 대해 이해해야 한다.

첫째, 시간에 대해서는 동시화에 따른 효과에 있어 속도의 충돌이 발생한다고 한다. 기업의 발전 속도와 정부의 제도화 속도가 서로 맞지 않아 문제가 생긴다는 말이다.

둘째, 공간에 대해서는 부의 중심이 유럽에서 미국으로 이동해 왔으며 다시 아시아, 특히 중국으로 이동하고 있다고 한다.

셋째, 앨빈 토플러는 지식이 공급의 유한성을 뛰어넘는다는 것에 주목하고, 지식이 상호 작용하면서 더 거대하고 힘 있는 지식으로 재편되고 있다고 말한다. 더불어 무한대의 속도로 지식이 변화·발전하고 있기 때문에 더 이상 사용할 수 없는 지식과 가치 있는 지식을 구별해 내는 방법을 익혀야 한다고 강조한다.

우리는 지식을 어떻게 사용하느냐에 따라 성패가 갈리는 지식 경제 시대에 살고 있다. 현대 경제에서는 이제 더 많이 요리하는 게 아니라 더 좋은 레시피를 찾는 것이 관건이다.

세상은 빠르게 변화하고 있는데, 과연 변화에 대한 대처를 제대로 준비하고 있는지 반성해야 할 때다.

게으른 사람에게
우연한 기회란 없다

과학적인 발견이 '우연한 기회'에 이루어졌다면 이러한 우연한 기회는 평소 자질을 갖춘 사람, 독립적 사고를 하는 사람, 그리고 중도에 포기하지 않고 끝까지 노력하는 사람에게 찾아온다. 게으른 사람에게 우연한 기회란 없다.

— 화뤄겅(중국의 수학자)

준비된 사람에게만 기회가 기회로서 의미를 가진다. 준비되지 않은 사람은 기회가 와도 그게 기회였다는 것조차 모르고 흘려보내기 때문이다.

개인이나 조직 모두 적당주의나 자만에 빠져서는 안 된다. 현재 세계적인 경제 위기의 여파가 아직 남아 있지만, 앞으로는 지금보다 더 자주, 더 강도가 센 위기가 닥칠 것으로 전망된다. 게임의 룰

이 바뀐 것이 아니라 게임 자체가 바뀌었다고 생각해야 한다.

　홍콩의 거부인 청콩그룹 리카싱 회장은 자신의 운명을 흐름에 맡기기보다 철저하게 준비할 것을 조언한다.

　성공한 상인과 그렇지 못한 상인의 가장 큰 차이점은, 성공한 상인은 어제보다 지혜롭고, 어제보다 너그러우며, 어제보다 사람을 잘 알고, 어제보다 잘 베풀며, 어제보다 여유롭다는 것이다.

초심을 잃지 마라

꽃이 피기까진 긴 겨울이 필요하다. 겨울의 찬바람과 눈보라를 모두 이겨내고 나서야 마침내 꽃은 활짝 핀다. 그러나 꽃은 피는 순간부터 지기 시작한다. (중략)

자연의 꽃은 순리에 따라 지지만 인생에 있어서의 꽃은 초심을 잃기 때문에 진다. 자신감이 오만으로 변질될 때 위기가 찾아온다.

— 정우현 미스터피자 회장, 《나는 꾼이다》 중에서

미래는 각자 마음먹기에 달려 있다. 즉 삶을 어떻게 바라보느냐에 따라 운명이 결정되는 것이다. 《명심보감》에 "그릇이 차면 넘치고 사람이 차면 잃게 된다"는 말이 있다. 성공은 필연적으로 교만을 부르게 되고, 교만은 자신이 거둔 성공을 다 자기 잘난 덕으로 착각하게 하며 주변 사람들을 무시하게 한다.

그러나 오르막이 있으면 내리막도 있는 법이다. 교만은 정상에서 가장 빨리 추락하는 미끄럼틀이다.

정상에 오르기보다는 지키는 것이 세 배는 더 어렵다는 것을 명심하라.

21세기의 문맹자는
학습하지 않는 자

20세기가 열심히 일하여 성공하는 시대였다면, 21세기는 다르게 일하여 성공하는 시대다.

21세기 문맹은 문자를 못 읽고 못 쓰는 사람이 아니라 배우려 하지 않고, 낡은 지식을 버리지 않고, 재학습하지 않은 사람이다.

— 앨빈 토플러(미국의 미래학자)

독일 속담에 "옷감은 염색에서, 술은 냄새에서, 꽃은 향기에서, 사람은 말투에서 그 됨됨이를 알 수 있다"라는 말이 있다. 미래를 어떻게 준비하는지를 보면 그 사람이 미래의 인재가 될 수 있을지도 보인다.

권위 있는 미래학자 롤프 옌센은 지식정보사회를 넘어선 단계인 드림 소사이어티를 이렇게 설명한다.

머리 못지않게 가슴이 중요하고 대뇌피질이 지배하는 사회에
서 뇌의 안쪽에 있는 감정중추(대뇌변연계)가 지배하는 세상이 되
었다.

드림 소사이어티란 개인이 정보가 아닌 이야기를 통해 성장하
게 되는 새로운 사회다. 노동과 자본은 얼마든지 컴퓨터나 기계로
대체할 수 있지만 상상력과 창의력은 오직 머리에서 나온다. 가장
중요한 무기를 더 강하게 하는 자가 승자가 된다는 자명한 사실을
잊지 말라.

입술의 30초가
가슴에 30년 남는다

나는 한 손에 올리브 가지를, 다른 한 손에는 자유를 위한 전사의 무기를 들고 여기에 왔습니다. 내 손에서 올리브 가지를 던져 버리지 않게 해 주십시오.

— 아라파트(팔레스타인 지도자)

팔레스타인해방기구(PLO)의 중동 평화협정 체결 직후인 1974년 유엔총회 연설에서 아라파트는 이렇게 사자후를 토해냈다. 그는 올리브 가지를 평화와 화해의 상징으로 사용했다. 즉, 힘겹게 선택한 평화의 길을 계속갈 수 있도록 호소한 것이다. 이 말은 많은 사람들의 가슴에 평화를 갈망하는 마음을 심어 주었다.

말을 길게 한다고 내용이 충실한 것은 아니다. 미국 오바마 대통령은 애리조나 총기사건 추모 연설에서 51초간 침묵하여 전역을 눈물 바다로 만들었다. 때로는 침묵이 말보다 무거울 때도 있다.

감동을 주는 말, 듣는 사람을 설득시키는 말은 격이 있고 품위가 있다. 누구에게나 말은 중요하며, 특히 지위가 높은 사람일수록 더할 것이다. 그래서 아리스토텔레스는 수사학(修辭學)의 중요성을 일찌감치 간파했다.

역사상 가장 훌륭한 연설가 가운데 한 명으로 꼽히는 마틴 루터 킹 목사는 상대의 의무감이나 규범의식에 호소하는 연설을 잘 활용했다.

나에게는 꿈이 있습니다. 언젠가 잔인한 인종차별주의자들이 있는 앨라배마에서도, 주지사의 입술에서 '주권우위설' 과 '연방법 실시 거부' 라는 단어가 흐르는 그 앨라배마에서도 어린 흑인 소년 소녀가 백인 소년 소녀와 형제자매로서 손을 맞잡을 날이 올 것이라는 꿈이 있습니다.

킹 목사의 연설이 많은 사람에게 감동을 준 이유는 단순히 그가 말을 잘해서가 아니다. 그는 언제나 이상적인 사회에 대한 비전을 심어 주었기 때문이다.

살아 있는 것
모두를 사랑하라

아름다운 입술을 갖고 싶으면 친절한 말을 하라.

사랑스런 눈을 갖고 싶으면 사람들에게서 좋은 점을 보라.

날씬한 몸매를 갖고 싶으면 당신의 음식을 배고픈 사람과 나눠라.

아름다운 머리카락을 갖고 싶으면 하루에 한 번 어린 아이가 손가락으로 너의 머리를 쓰다듬게 하라.

아름다운 자세를 갖고 싶으면 결코 당신 혼자 걷고 있지 않음을 명심하라.

사람들은 상처를 회복해야 하며, 낡은 것으로부터 새로워져야 하고, 병으로부터 나아야 하고, 무지함으로부터 교화되어야 하며, 고통으로부터 구원받고 또 구원받아야 한다. 결코 누구도 버려서는 안 된다.

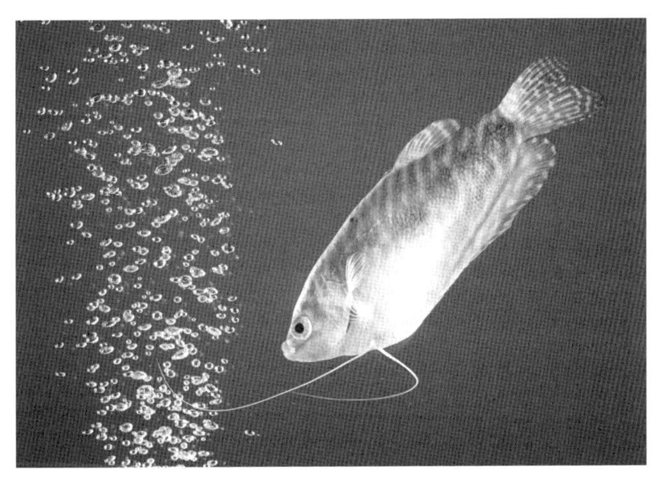

기억하라. 만약 도움의 손이 필요하다면 당신의 팔 끝에 있는 손을 이용하면 된다. 당신이 더 나이가 들면 손이 두 개라는 걸 발견하게 된다. 한 손은 당신 자신을 돕는 손이고 다른 한 손은 다른 사람을 돕는 손이다.

— 오드리 헵번(벨기에의 영화배우)

전 세계의 사랑을 받은 영화배우로 한 시대를 풍미했던 오드리 헵번은 외모는 물론 마음까지도 완벽한 미인이었다. 그녀는 비록 결혼에는 실패했지만 자식을 극진히 사랑했다. 그녀는 죽기 1년 전 사람들을 통해 이렇게 말했다.

살아 있는 것 모두를 사랑하라.

꽃은 저마다 다른 모양으로 다른 시기에 핀다. 다름을 인정하자. 편견과 차별이 분쟁과 전쟁을 만든다. 존경과 배려가 공생으로의 길을 연다.

인맥은 성공의 열쇠

> 젊었을 때는 돈을 빌려서라도 훌륭한 인맥을 만들어야 한다. 물은 어떤 그릇에 담느냐에 따라 모양이 달라지고, 사람은 어떤 친구를 사귀느냐에 따라 운명이 결정된다.
>
> — 히구치 히로타로(아사히맥주 회장)

인맥은 살아가는 동안 지속적으로 구축해야 할 성공의 열쇠다. 좋은 인맥을 만들기 위해서는 나보다 상대의 입장에서 생각하는 자세를 가져야 한다. 이혼률이 높아지는 것도 결혼으로 이득을 보려고 하는 개인주의가 성행하기 때문이다.

미국의 유명한 작가인 수잔 로앤은 《행운을 부르는 신비한 습관》에서 특별한 습관이 성공과 실패의 차이를 만든다고 말한다. 그가 제시하는 습관이란 다음과 같다.

❶ 처음 만난 사람에게 쉽게 말을 건다.

❷ 사람들과의 대화를 즐긴다.

❸ 자신의 이름을 뿌린다.

❹ 세밀하게 듣는다.

❺ 인맥을 활용해 도움을 주고 받는다.

❻ 새로운 길을 두려워하지 않는다.

❼ 일을 마무리할 때는 확실하게 마침표를 찍는다.

❽ "NO"라고 하고 싶을 때에도 "YES"라고 말한다.

상처 받는 일,
상처 주는 일의 다른 행위

말이 입안에 있을 때는 네가 말을 지배하지만, 입 밖에 나오면 말이 너를 지배한다.

— 유대인 격언

공자의 수제자인 자공이 스승에게 물었다.

"세상에서 가장 어려운 일은 무엇입니까?"

공자가 대답하기를 "첫째가 먹고사는 것, 둘째가 일하는 것, 셋째가 분노를 참는 것"이라고 했다.

우리는 살아가면서 화를 참아야 할 순간들을 자주 만난다. 한마디 가벼운 말로 그동안 쌓았던 공을 허무하게 무너뜨리는 경우도 많다.

미국 비자카드 창립자인 디 호크는 이렇게 말했다.

다른 사람들이 당신에게 했던 일 중 싫어했던 일을 생각해 보
고 그걸 남에게 하지 않도록 주의하라. 대신 당신을 기분 좋게
했던 일을 기억했다가 그 일을 다른 사람들에게 실천해 보라.

내가 상처 받기 싫다면 당연히 다른 누구에게도 상처를 입히지
않아야 한다.

돈을 종으로 부려라

성공하는 사람과 그렇지 못한 사람의 차이는 교육이나 도구의 문제가 아니다. 기회나 행운의 문제도 아니다. 단지 사물을 바라보는 관점의 차이일 뿐이다.

— 로버트 콜리어, 《부자 습관》 중에서

세계 각 분야의 정상에 있는 리더들의 모임인 다보스 포럼은 2012년에는 모여서 자본주의에 대한 토론을 했다. 건강한 공동체가 없이는 건강한 자본주의가 싹틀 수 없다. 비록 일부 국가에서 꼬리가 몸통을 흔드는 경제 상황으로 위기의 증상을 완화할 수는 있어도, 근본적인 해결책은 내놓을 수 없는 상황이다. 국가를 포함한 어떤 조직도 경제를 책임질 수 없다.

이 세상에 돈으로 해결할 수 없는 것은 무엇인가? 돈이란 훌륭한 노예이자 끔찍한 주인이다. 결국 내가 돈을 어떻게 활용하느냐에 모든 것이 달려 있다. 올바른 경제생활과 절약하는 습관만이 돈의 노예가 되지 않도록 할 수 있다. 탐욕과 경제 권력의 횡포로 발생한 경제 위기로 인해 2011년 미국에서는 "월가를 점령하라"라는 슬로건 아래 분노가 폭발했다.

익사 직전에 숨 쉬기를 바라는 정도의 열망이나 사마 한가운데에서 살기 위한 몸부림과 같은 노력으로도 부자가 되기란 대단히 힘들다. 레바논 출신의 철학자이자 시인인 칼릴 지브란은 돈에 대해 이렇게 말했다.

> 돈은 현악기와 같다. 이것을 적절히 사용할 줄 모르는 사람은 불협화음을 듣게 된다. 돈은 사랑과 같다. 이것을 잘 베풀려 하지 않는 이들은 아주 천천히 그리고 고통스럽게 죽어간다. 그러나 베푸는 이들에게는 생명을 준다.

돈의 주인으로서 능력과 의지를 보이면 돈은 꼬리를 내리고 당신을 따라다니겠지만, 반대로 돈의 노예가 되어 끌려다니면 돈이 당신을 가지고 놀 것이다.

돈, 뜨겁게 사랑하고
차갑게 다뤄라

부자가 되는 길은 세 가지다. 부자의 배우자, 부자인 아빠, 그리
고 투자.

— 앙드레 코스톨라니(헝가리의 투자가)

스타벅스의 창업자 하워드 슐츠는 인간중심의 경영철학을 통해
부를 만들 수 있었다.

그는 "회사의 최우선은 직원들이고, 그 다음이 고객이다"라고
했다. 그래서 스타벅스에는 종업원이 없고, 파트너만 있다. 직원
이 행복하면 고객이 행복해지고, 직원이 회사에 애정을 가지면 그
생산물인 상품을 통해 고객에게 애정이 전해진다는 것이다. 이것
이 하워드 슐츠가 말하는 스타벅스의 가치다.

하워드 슐츠의 유명한 일화가 있다. 한번은 텍사스 지점의 한

관리자가 강도에 의해 살해되는 사건이 발생했다. 그 소식을 들은 슐츠는 그날 밤 바로 비행기를 타고 텍사스로 가서 죽은 관리자의 가족을 위해 기금을 조성하고, 텍사스 점포를 처분한 비용을 모두 그 직원의 가족부양과 아이들 교육비로 헌납했다. 이런 사람이 어찌 부자가 되지 않을 수 있을까?

돈을 좇지 않고 꾸준히 가치를 추구해서 성공을 거머쥐었다고 해도, 돈에 대한 걱정에서 벗어나는 것은 아니다. 영국의 평론가 칼라일은 이렇게 말했다.

빈곤은 많이들 견디나 부귀에 견디는 이는 적다.

이 말은 돈을 다루는 일이 얼마나 어려운지를 알려준다. 돈이 많아서 인생을 망치기도 한다. 부에는 정신적 타락의 유혹이 따라다니기 때문이다. 부자가 되는 것도 힘들지만, 부자로 사는 것도 힘들다.

미국의 정치가 프랭클린은 부의 약점에 대해서 이렇게 표현했다.

지나친 풍요는 입맛을 까다롭게 만든다. 배부름은 모든 악의 근원이다.

어떤 사람들과
어떤 사람이 되어갈 것인가

운명은 화강암보다 단단하지만, 사람의 양심은 운명보다 더 견
고하다.

— 빅토르 위고(프랑스의 작가)

운명은 사람의 힘으로는 도저히 어쩔 수 없는 엄격한 그 무엇이
라 할 수 있다. 하지만 아무리 가혹한 운명을 만났다고 해도 사람
의 의지는 결코 거기에 굴하지 않는다. 운명에 대항하는 의지는
바로 양심에서 나온다.

세상에서 가장 강한 것은 양심이다. 양심이 약하면 인간도 약해
진다. 양심만 밝다면 아무것도 나를 다치게 하지 못한다. 보다 많
은 양심을 보존함으로써 그 인생은 가장 강하게 살아 나갈 수 있는
것이다. 독일 시인 실러도 "양심의 소리는 운명의 소리다"라고 말

했다.

사람은 어떤 사람과 함께하느냐가 중요하다. 지금 내 곁에 있는 사람, 내가 자주 가는 장소, 내가 읽는 책들이 미래의 나를 만든다. 좋은 사람들은 주변 사람들을 기쁨으로 물들게 하고 그 기쁨은 다시 돌아와 자신을 물들인다.

진정한 리더의 힘은 조직을 이끄는 능력에 달려 있다, 영감과 힘을 불어넣어 주고, 단순히 가르치는 것보다는 올바른 방향을 가리키며, 강제로 끌고 가기보다는 자발적으로 하는 것이다. 인생의 멘토는 길을 데리고 가는 사람이 아니라 목표를 가리키는 사람이다.

토머스 칼라일은 인생의 목표가 얼마나 중요한지에 대해 이렇게 말했다.

> 목적이 없는 사람은 키 없는 배와 같다. 한낱 떠돌이요, 아무것도 아닌, 인간이라 부를 수 없는 사람이다.

지금 자기 주변을 돌아보라. 내 주변에 있는 사람들은 어떤 사람들인가? 그리고 나는 다른 사람들에게 어떤 사람인가?

# 소통,
경청에서 시작된다

진정한 여행은 새로운 풍경을 보는 것이 아니라 새로운 시야를 갖는 것이다.

— 마르셀 프루스트(프랑스의 소설가)

오늘날 우리 사회에서 가장 부족한 것을 꼽으라면 그중 하나는 분명 소통일 것이다. 버락 오바마 대통령이 선거운동을 할 때 자주 인용하는 말이 있었다.

모든 사람들이여, 도전합시다.

저와 함께 합시다. 방법은 있습니다.

당신들의 말에 귀를 기울이겠습니다.

소통의 시작은 바로 상대의 말을 듣는 것이다. 간단하다. 하지만 지금처럼 이렇게 바쁘게 돌아가는 개인주의 사회에서 남의 말을 들어준다는 게 쉬운 일은 아니다. 인내심과 평상심, 이해심 등이 함께 동반되어야 한다.

인간은 죽기 전까지 배우면서 살아야 한다. 행복해지기 위하여 소통이 필요하고, 소통하기 위해서 남의 말을 잘 들어야 하고, 그렇게 자신의 그릇을 키워 나가며 끊임없이 스스로 변화를 추구해야 할 것이다.

소통을 잘하는 비결은 무엇일까?

여행을 즐겨라. 낯선 곳에서는 미워하는 사람의 부족한 점도 다 감수되기에 진정한 소통을 할 수 있다. 더불어 여행에서 만나는 수많은 사람들과의 소통도 마찬가지로 도움이 될 것이다. 인생이 진정으로 가치가 있는가를 생각하게 된다.

우리나라의 젊은 학생 6만 명이 미국에서 공부하고 있다. 물론 문제점도 있을 것이다. 하지만 이것은 손실이 아니라 엄청난 투자다. 우수한 인재들이 전 세계로 뻗어나가서 세계를 움직이도록 기성세대들이 도와야 한다.

세계적으로 이름난 톱클래스 카피라이터인 조셉 슈거먼은 그가 작성한 광고 문구로 선글라스 2천만 개를 판매했다고 한다. 비결

은 그가 소비자와 소통을 이루었기 때문이다. 조셉 슈거먼은 이렇
게 말했다.

우리가 정직하게 행동할 때마다 보이지 않는 손이 우리를 커
다란 성공으로 이끈다. 하지만 우리가 악의 없는 거짓말을 하더
라도 강력한 요인이 우리를 실패로 내몬다.

먼저 손을 내밀어라

폭력은 본질적으로 말이 없다. 그리고 그것은 사색과 이성적 의
사소통이 깨진 곳에서 시작된다.

— 마하트마 간디(인도의 정치가)

프랑스의 시인이자 극작가인 가지미르 드라뷔뉴의 《제3의 멧세
니아의 여자》에 이런 말이 나온다.

용기가 승리자를, 조화가 무패자를 만든다.

곤경에 처했을 때 그에 억눌리지 않고 옳은 행위를 하는 용기는
개인의 행동에 가장 큰 힘으로 작용한다. 일시적인 격정에 사로잡
혀 저지르는 경솔함이 아닌 정정당당하고 동요하지 않는 행위가

진정한 용기다. 구성원 모두가 서로 어긋나지 않고 잘 어울려 적절한 균형을 이루는 것도 중요하다. 조화는 전쟁과 평화의 기로에서 승리를 이끌고 가정에서의 행복을 이루는 근간이 된다.

《주역》에도 "두 사람이 마음을 합하면 그 예리함이 쇠라도 끊게 한다"고 하며 단결과 조화를 강조하였다.

상대에게 먼저 이렇게 말하는 용기가 필요하다.

당신의 손이 필요합니다.

손을 잡기 위해서는 나의 손을 먼저 펴야 합니다.

손을 잡으면 마음까지 따뜻해집니다.

당신과 함께 간다면 길이 아무리 멀어도 갈 수 있습니다.

눈보라 치고 바람 불어도, 길이 험하고 날이 어두워져도 당신의 손이라면 기꺼이 가겠습니다.

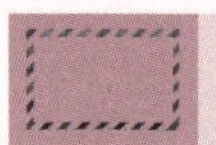

미래를 여는 큰 꿈을 가져라

오늘도 모든 것을 주께 의탁하며 먼 아프리카에 있는 너를 위해 나는 기도를 멈출 수가 없구나. 너의 큰 꿈이 반드시 이루어지리라 믿는다.

너는 어렸을 때부터 다른 사람을 먼저 챙기고 기쁘게 해 주었지. 네가 15살 때쯤 엄마에게 이렇게 하소연한 적이 있었다.

"엄마가 너무 자유롭게 해 주셔서 인생의 쓴맛을 보게 되었어요."

하기야 엄마가 너를 너무 믿어 억지로라도 공부를 시키지 않은 것이 잘못되었나 하는 의구심도 있었지만, 너는 언제나 정도를 지켜 늘 엄마 아빠의 자랑거리가 되었단다.

네게 엄마의 꿈 이야기를 해 주고 싶다. 그날도 너를 위해 기도하다가 깜박 잠을 잤지. 너와 함께 엘리베이터를 타고 가는 중, 그만 내가 네 손을 놓치고 말았다. 엄마는 1층에 있고 너는 엘리베이터 속으로 갑자기 사라진 것이다. 놀란 나머지 경비아저씨에게 달려가 엘리베이터 속으로 가서 아들을 찾겠다고 하니, 아저씨는 이렇게 말했지.

"아드님은 이미 흔적도 없이 사라졌습니다."

나는 그때 숨이 멎는 것 같았단다.

"아까운 내 새끼! 공부도 잘하고 잘생겼고 착하고 그런 내 아들!"

이렇게 통곡을 하는데, 이상하게도 네가 살아온 15년간의 흔적이 영화 필름처럼 스쳐 지나가는 게 아니겠니? 너무 울다 지쳐서 그만 잠에서 깨어났다. 곧바로 네 방에 갔었지. 잠자고 있는 모습을 보고 감격과 동시에 엎드려 기도할 수밖에 없었다.

네가 아프리카로 떠날 때 엄마는 사실 보내고 싶지 않았단다.

"엄마, 걱정하지 마세요. 뭐 잘못되어도 죽기밖에 더 하겠어요?"

그렇구나. 너의 그 말로 나는 네가 이미 굳은 의지로 희생을 각오했다는 것을 깨달았다.

엄마는 네가 앞으로 너의 꿈을 펼쳐 가리라 믿는다. 무엇으로 사는 것보다 무엇을 위해 사는 것에 가치를 둔 네가 자랑스럽구나.

　네 아빠가 아무런 배경이나 학식에 의지하지 않고 미래를 상상하면서 지금까지 달려왔듯이 너도 너의 꿈을 이룰 수 있을 것이다.

　아빠가 매년 몇 차례 모든 일과 걱정을 던져 버리고 생각의 시간을 갖고 있는 것을 알고 있지? 너도 일단 목표를 정했으면 주춤거릴 필요 없이 실패조차 자랑스럽게 여기는 사람이 되거라.

　지나친 낙관이나 비관을 경계하면서 지금 그대로의 자신감으로 세상을 보는 눈을 크게 뜨거라. 세상의 구름과 바람까지도 잴 수 있는 지혜를 길러라. 네가 기다리는 그 날이 오기까지 어떤 어려움도 참아내기를 바란다. 탁한 강물 아래 거친 물고기를 기다리는 강태공의 마음으로.